JN317588

双葉文庫

はぐれ長屋の用心棒

八万石の危機

鳥羽亮

目次

第一章　七人の刺客　7
第二章　再会　54
第三章　襲撃　103
第四章　罠　158
第五章　露見　205
第六章　父の敵　247

この作品は双葉文庫のために書き下ろされました。

八万石の危機　はぐれ長屋の用心棒

第一章　七人の刺客

一

「孫六《まごろく》さん、一杯、どうぞ」

お吟《ぎん》が、孫六に銚子をむけた。

「ヘッヘヘ……。すまねえ。お吟さんについでもらった酒は、格別でさァ」

孫六が、だらしなく目尻を下げて言った。

孫六は、還暦を過ぎた老齢だった。肌が陽に灼《や》けて浅黒く、小鼻が張り、丸い小さな目をしていた。狸のような、愛嬌《あいきよう》のある顔である。その顔が、酒気を帯びて腐りかけた熟柿《じゆくし》のように赭黒《あかぐろ》く染まっている。

「華町《はなまち》の旦那も、グッとあけてくださいな」

お吟は、華町源九郎《げんくろう》の方に膝をむけて、銚子を差し出した。

「うむ……」

源九郎は、すぐに猪口《ちょく》を手にした。

源九郎と孫六がいるのは、深川今川町《いまがわちょう》にある浜乃屋《はまのや》という小料理屋である。

お吟は、浜乃屋の女将《おかみ》だった。

お吟はほっそりした年増《としま》で、色白の美人だった。酒気で、しっとりした肌が朱を刷《は》いたように染まり、かすかに脂粉の匂いがした。なかなか色っぽい。

「ちかごろ、来てくれなかったので、いい女《ひと》でもできたんじゃァないかと、気をもんでたんですよ」

お吟が甘えるような声で言い、源九郎の脇に膝を寄せた。

「い、いや、おれも、いろいろあってな……」

源九郎が声をつまらせて言った。源九郎の顔も赭黒く染まっているが、酒気のせいばかりではないようだ。

源九郎は、還暦にちかい老齢だった。鬢《びん》や髷《まげ》には白髪が目立ち、丸顔で垂れ目だった。しまりのない顔だが、人好きのする雰囲気を持っている。

源九郎は、伝兵衛店《でんべえだな》という棟割り長屋で独り暮らしをしていた。五十石の御家人だったが、倅の俊之介《しゅんのすけ》が嫁をもらったのを機に、家督を継がせて家を出たのだ。倅夫婦の世話になるのが嫌だったし、妻が他界したこともあって、長屋で気儘《きまま》に暮らしたいという気持ちになったのである。

源九郎の生業《なりわい》は傘張りだったが、それだけでは足りず、華町家からの合力もあった。

伝兵衛店は、界隈《かいわい》ではぐれ長屋とも呼ばれていた。食いつめ牢人、その日暮らしの日傭取《ひようと》り、その道から挫折した職人、大道芸人など、はぐれ者が多く住んでいたからである。源九郎もはぐれ者のひとりである。

今日、源九郎は丸徳《まるとく》という傘屋に、できただけの傘を届けて、すこし懐が暖かくなった。それで、浜乃屋で、一杯やろうと思い、長屋の路地木戸を出ようとすると、孫六と顔を合わせたのだ。

「旦那、どちらへ」

孫六が、ニヤニヤしながら訊《き》いた。

「一杯だけな」

思わず、源九郎はそう言ってしまった。

「旦那、お供しやしょう」

てきたのである。

酒好きな孫六は、すぐに声を上げた。

源九郎は、孫六を押し退《の》けて路地木戸を出るわけにもいかず、仕方なしに連れてきたのである。

「でも、いいわ。こうやって、孫六さんといっしょに来てくれたんだから」

お吟は、源九郎の太股に膝先をつけるように身を寄せた。

源九郎の首筋にお吟の熱い息がかかり、年甲斐《としがい》もなく、胸に劣情が湧いた。

「お、お吟も、飲んでくれ……」

源九郎が声をつまらせて言い、慌てて銚子をとった。

「あたしも、いただくわ」

お吟は膳の上の猪口をとると、細い顎《あご》を突き出すようにして、キュゥ、と飲み干した。なかなかの飲みっぷりである。

お吟は、若いころ袖返《そでがえ》しのお吟と呼ばれる腕利きの女掏摸《すり》だった。ところが、源九郎の懐を狙って押さえられた。

そばにいたお吟の父親の栄吉《えいきち》が、お吟の代わりに、あっしを捕らえてくれ、と源九郎に訴えた。源九郎は、栄吉の娘を思う心に打たれ、ふたりを許したのである。

その後、お吟と栄吉は掏摸の足を洗い、ふたりで浜乃屋をひらいた。ところが、栄吉は掏摸仲間のいざこざに巻き込まれて命を落とし、お吟も危うく命を落としそうになった。

源九郎はお吟を助けて掏摸仲間と闘ううちに、お吟と情を通じ合うような仲になったのである。

それから何年も経ったが、源九郎とお吟の関係は、表むき客と女将のままである。源九郎の胸の内には、還暦にちかい年寄りと粋な年増では、釣り合いがとれない、という気持ちがあった。お吟には、若い男と所帯を持って子供を産んでほしかったのである。

孫六はニヤニヤしながら、

「華町の旦那ァ、あっしは、ひとりでやってやすからね。旦那はお吟さんと、お好きなように……」

そう言い、銚子を手にすると、手酌で猪口についだ。

「お、おれも、飲む」

源九郎も、猪口の酒を飲み干した。

そのとき、表戸のあく音がした。つづいて、店に入ってくる複数の足音がし、

「お吟さん、いるかい」と男の声がした。客らしい。

「あら、長吉《ちようきち》さんたちだわ」

すぐに、お吟は源九郎から身を離した。浜乃屋の女将の顔にもどっている。

源九郎は、長吉という男を知っていた。知っているといっても、浜乃屋で何度か顔を合わせただけである。お吟の話では、長吉は近所の船宿で船頭をしているとか。

「旦那、ゆっくりやってってくださいね」

そう言い残し、お吟はそそくさと座敷から出ていった。

浜乃屋は店に入ると、すぐに衝立《ついたて》で間仕切りのしてある小上がりになっていた。小上がりのつづきに小座敷があり、源九郎たちはそこにいた。障子越しに、小上がりにいるお吟と客のやり取りが聞こえてくる。

源九郎が渋い顔をして手酌で飲んでいると、

「お吟さん、いっちまいやしたね」

孫六が、口許に薄笑いを浮かべて言った。

「お吟も、わしらばかり相手にするわけには、いかんからな」

源九郎が、銚子を手にして猪口につごうとすると、

「旦那、あっしがおつぎしやしょう」

そう言って、孫六が源九郎の手にした銚子をとった。

「うむ……」

源九郎は、孫六についでもらっても、うまくない、と思ったが、黙って猪口を差し出した。

源九郎が渋い顔をして猪口の酒を飲み干すと、

「あっしにも、ついでくだせえ」

孫六が猪口をむけた。

源九郎は黙って酒をついでやりながら、

……なんということだ。孫六と飲むなら、ここに来ることはなかった。

と、胸の内で愚痴《ぐち》ったが、どうにもならない。

それから、一刻（二時間）ほど、源九郎は孫六と飲んだ。途中、二度お吟が様子を見にきたが、さらに客がふたり入ったこともあって、お吟は腰を落ち着けることもなく小座敷から出ていった。

「孫六、帰るか」

源九郎が腰を上げた。

「ヘッヘヘ……。やっぱり、お吟さんがいねえと盛り上がらねえ」

孫六はふらつきながら立ち上がった。

お吟は戸口まで源九郎たちを送って出ると、

「華町の旦那、また来てくださいよ」

そう言って、源九郎の腕をとって、胸を押しつけた。

生暖かい、お吟の息が首筋をくすぐり、酒と脂粉の匂いがした。思わず、源九郎はお吟の尻をひと撫《な》でしようとしたが、そばに孫六がいることを思い出し、

「また、来よう」

と渋い声でいって、戸口から離れた。

「ヘッヘヘ……。旦那、いい月ですぜ」

孫六が茶化すように言った。

源九郎の目に、頭上の三日月が笑っているように見えた。

二

浜乃屋を出て路地をすこし歩くと、大川端に出る。

源九郎と孫六は、大川端の道を川上にむかって歩いた。ふたりの住む伝兵衛店

は、本所相生町《あいおいちよう》一丁目にあった。川上にむかい、竪川《たてかわ》にかかる一ツ目橋を渡れば、すぐである。

五ツ（午後八時）ごろであろうか。川沿いの道は人影もなく、ひっそりと夜の帳《とばり》につつまれていた。道沿いの店は夜陰につつまれていたが、飲み屋、一膳めし屋、料理屋などからは灯《ひ》が洩《も》れ、客の談笑や弦歌《げんか》などが聞こえてきた。

「うまい酒だったな。……旦那、また来やしょう」

歩きながら、孫六が言った。

孫六は左足を引き摺《ず》るようにして歩いていた。中風を患い、すこし足が不自由になったのである。

「そうだな」

ただ酒は、うまいだろうよ、と源九郎は胸の内で毒づいた。

「はやく、お吟さんといっしょになったらどうです」

「そんな気はない」

源九郎が、素っ気なく言った。

「旦那はなくとも、お吟さんはありやすぜ」

孫六が、脇から顔を突き出すようにして言った。

そんな話をしながら、ふたりは小名木川《おなぎがわ》にかかる万年橋のたもとまで来ていた。

ふいに、橋のむこうで、待て！　という男の叫び声が聞こえ、橋を渡ってくる人影が見えた。

橋上に、月光に照らされたふたりの武士の姿が浮かび上がった。抜き身を手にし、走ってくる。刀身が月光を反射《はね》て、青白くひかっている。

ふたりの背後に、四人の姿が見えた。いずれも武士である。四人も、抜き身を引っ提《さ》げていた。

ふたりの武士を、背後の四人が追っているようだ。

前方のふたりから、苦しげな喘《あえ》ぎ声が聞こえた。月光に照らされたふたりの顔が、ひき攣《つ》ったようにゆがんでいる。ひとりの武士の右袖が裂けていた。追ってくる者たちに、襲われたようだ。背後の四人との間は、十間ほどしかない。

「だ、旦那、斬り合いですぜ」

孫六が、声をつまらせて言った。

「そのようだ」

源九郎は、橋の前で足をとめた。

ふたりの武士は、橋を渡り終えると、立っている源九郎たちの脇へまわり込み、

「ご、ご助勢くだされ！」

と、叫んだ。まだ、十四、五と思われる若侍だった。

もうひとりは、二十歳前後に見えた。兄弟であろうか。顔が似ている。源九郎を武士とみて、助けをもとめたようだ。

そこへ、四人の武士が走り寄った。武士たちは、いずれも羽織袴姿で二刀を帯びていた。牢人ではないらしい。江戸勤番の藩士か、幕臣であろう。

「うむ……」

源九郎が戸惑っていると、

「どけ！　邪魔だ」

源九郎の前に立った大柄な武士が、居丈高《いたけだか》に怒鳴った。源九郎を年寄りとみて、侮《あなど》ったようだ。

四十がらみであろうか。眉《まゆ》が濃く、眼光の鋭い男だった。肩幅がひろく、どっしりとした腰をしている。武芸の修行で鍛えた体らしい。

源九郎は、武士の権高《けんだか》な物言いにムッとした。浜乃屋での鬱憤《うっぷん》もあり、ひどく

腹が立った。

「ここは天下の大道、抜き身を振りまわし、邪魔だからどけ、とは何事だ」

源九郎が、大柄な武士を睨《にら》みながら言った。

「な、なんだと！」

大柄な武士の顔が、憤怒にゆがんだ。他の三人も、驚いたような顔をしたが、

「面倒だ、そやつも、斬ってしまえ」

と、長身の武士が怒鳴った。

すぐに、大柄な武士が切っ先を源九郎にむけた。他の三人は、逃げてきたふたりの武士の左右にまわり込んだ。

「だ、旦那、逃げやしょう」

孫六が、声を震わせて言った。

「逃げたくても、逃げられん」

源九郎は後悔したが、ここはやるしかないと思った。それに、事情は分からないが、ふたりの若侍が斬られるのを見捨ててはおけない気になったのである。

「孫六、後ろへ隠れていろ」

そう言うと、源九郎は刀を抜いた。

年寄りだが、源九郎は鏡新明智流《きようしんめいちりゆう》の遣い手であった。

源九郎は少年のころ、南八丁堀の蜊河岸《あさりがし》にあった鏡新明智流の道場、士学館《しがくかん》に通い、修行したのである。道場主は、桃井春蔵《もものいしゆんぞう》。千葉周作《ちばしゆうさく》の玄武館《げんぶかん》、斎藤弥九郎《さいとうやくろう》の練兵館《れんぺいかん》と並び、江戸三大道場と謳《うた》われた名門である。

源九郎は士学館で俊英と言われるほどの遣い手になったが、父が病で倒れたために家督を継いで出仕することになり、道場をやめたのである。その後、幾年《いくとせ》が過ぎ、いまは長屋で貧乏暮らしをしているが、剣の腕はそれほど衰えていない。

「われらに、歯向かう気か」

大柄な武士は驚いたような顔をしたが、すぐに青眼に構え、剣尖《けんせん》を源九郎の喉元につけた。

源九郎も相青眼に構え、剣尖を大柄な武士の目にむけた。

ふたりの間合はおよそ四間――。まだ、斬撃の間境の外である。

……遣い手だ！

と、源九郎は思った。

大柄な武士の構えは隙がなく、どっしりと腰が据わっていた。源九郎の喉元にむけられた剣尖には、そのまま迫ってくるような威圧感がある。それに、体がゆったりとして、真剣勝負の力みがなかった。何度か真剣勝負の修羅場をくぐってきた男にちがいない。

大柄な武士の顔にも、驚きの色が浮いた。源九郎の構えを見て、遣い手と察知したのだろう。貧相な年寄りが、これほどの遣い手とは、思わなかったにちがいない。

だが、大柄な武士はすぐに表情を消し、鋭い目で源九郎を見つめながら全身に激しい気勢を込め、剣尖に斬撃の気配を見せた。気攻《きぜ》めである。

源九郎も気魄《きはく》で、大柄な武士を攻めた。

ふたりは、動かなかった。夜陰のなかに黒い塑像《そぞう》のように立ったまま、お互いが気で攻め合った。

気の攻防がつづく――。ふたりは、時のとまったような静寂と息詰まるような緊張につつまれていた。

そのとき、チャリン！　と、刀身の弾き合うような音がひびいた。若い武士のひとりが、斬りかかってきた武士の斬撃をはじいたのである。

その音で、源九郎と大柄な武士をつつんでいた剣の磁場が裂けた。

突如、大柄な武士の全身に斬撃の気がはしり、その体がさらに膨れ上がったように見えた。

イヤアッ！

裂帛《れっぱく》の気合とともに、大柄な武士が斬り込んできた。

振りかぶりざま真っ向へ——。

迅《はや》い！　しかも、膂力《りょりょく》のこもった剛剣である。

咄嗟《とっさ》に、源九郎は刀身を振り上げて、大柄な武士の真っ向への斬撃を受けた。

刀身の刃の嚙み合う音がし、源九郎の眼前で青火が散り、金気《かなけ》が流れた。

次の瞬間、源九郎の腰がくずれ、体が後ろによろめいた。大柄な武士の強い斬撃に押されたのである。

すかさず、大柄な武士が振りかぶった。

……このままでは、斬られる！

源九郎は感知し、背後に身を引いた。

刹那《せつな》、大柄な武士が、袈裟《けさ》へ斬り込んできた。

真っ向から袈裟へ——。一瞬の連続技である。

大柄な武士の切っ先が、源九郎の着物の肩先を切り裂いた。

だが、あらわになった肌に血の色はなかった。斬られたのは、着物だけである。源九郎が背後に身を引いたため、大柄な武士の切っ先がわずかにとどかなかったのである。

源九郎はさらに後ろに身を引き、青眼に構えた。顔がこわばり、目がつり上がっていた。必死の形相である。

三

「旦那ァ!」

孫六が悲鳴のような声をあげた。このままでは、源九郎が斬られるとみたらしい。

そのとき、弟と思われる若侍が、悲鳴を上げてよろめいた。左袖が裂け、血の色があった。四人のなかのひとり、小太りの武士に斬られたらしい。

若侍は後じさりながら、大川の川岸に植えられた柳の陰にまわり込んだ。何とか敵刃から逃れようとしたのであろう。

もうひとり、兄らしい若侍も、中背の武士に切っ先をむけられていた。その若侍の左手から、長身の武士が迫っていた。

……皆殺しだぞ!

助けを呼ばなければ、と孫六は思った。

万年橋のたもとの周囲に目をやると、一膳めし屋が見えた。大きな店で、男たちの胴間声《どうまごえ》や哄笑《こうしよう》などが聞こえてきた。何人もの客が飲み食いしているらしい。

孫六の前には、だれもいなかった。ふたりの若侍を襲った四人は、老人で貧相な姿の孫六など眼中にないようだ。

孫六は走りだした。左足がすこし不自由だが、それほど足は遅くない。

孫六は一膳めし屋に飛び込んだ。七、八人の客がいた。職人、船頭、大工らしい男などが、目についた。男たちは、飯台を前に長床几《ながしようぎ》や腰掛け代わりの空樽に腰を下ろして、めしを食ったり酒を飲んだりしている。

「て、大変《てえへん》だ！」

戸口で、孫六が叫んだ。

「どうした、爺さん」

戸口近くにいた赤ら顔の男が訊いた。がっちりした体軀《たいく》の巨漢である。

「た、助けてくれ！　旦那が追剝《おいは》ぎに襲われたんだ」

孫六が大声で叫んだ。

「追剝ぎだと！　どこだい」

赤ら顔の男が訊いた。

店のなかが、急に静かになった。他の客たちも、話をやめて孫六に目をむけている。

「その橋のたもとだ。……早く！」

孫六が、戸口で足踏みしながら声を上げた。

そのとき、店の先から、男の気合と刀身のはじき合う音が聞こえた。

「おい、やってるぜ！」

赤ら顔の男の前に腰を下ろしていた若い男が、立ち上がった。

すると、赤ら顔の男がつづき、店にいた他の男たちも腰を上げた。店の親爺らしい男まで、流し場から出てきた。

孫六につづいて、男たちが次々に店から飛び出した。

「あそこだ！」

若い男が叫んだ。

夜陰のなかで、男たちの黒い姿が交差し、気合がひびき、手にした刀が月光を反射て青白く浮き上がっている。

「斬り合いだぞ！」

「み、みんな、二本差しじゃァねえか」

店先で、男たちが声を上げた。どの男の足もとまっている。顔には、怯《おび》えと戸惑いの色があった。男たちが目にしたのは、武士同士の斬り合いである。手出しなど、できるはずがない。

「助けてくれ！　年寄りと若《わけ》えのがふたり、おれの長屋の者《もん》だ」

孫六が、必死になって訴えた。若いふたりの武士は、長屋の住人ではなかったが、そう言ったのである。

「見ろよ！　年寄りがいるぜ」

赤ら顔の男が声を上げた。

「手出しできねえ。……おれたちが殺されちまう」

年配の痩せた男が言った。

「そんなこたァねえ。遠くから、怒鳴ってくれりゃァいいんだ。……こうやって、な」

孫六は男たちの前に出ると、

「追剝ぎだ！　みんな、来てくれ！」

声をかぎりに叫んだ。

すると、赤ら顔の男が、孫六の脇に出て、

「追剝ぎだ！　斬り合ってるぞ」

と大声で怒鳴った。

次々に、男たちが店先から出てひろがり、斬りあっている武士たちにむかって大声を張り上げた。暗がりであることもあって、大勢の人が集まって騒ぎ立てているように聞こえる。

その男たちの叫び声に、大柄な武士たちは、すこし後じさってから背後を振り返った。いずれも驚いたような顔をしている。

「なんだ、あやつらは？」

大柄な武士が、長身の武士に訊いた。

「近所の者たちらしい。ここから、ひとり逃げたやつがいる。そいつが、呼び集めたのかもしれぬ」

「かまわぬ。前園《まえぞの》兄弟を、斬れ！」

大柄な武士が叫び、四人はふたたび若い兄弟と源九郎に切っ先をむけた。

斬り合いが始まるかに見えたそのとき、ドスッ、という音がし、長身の武士が身をのけ反らせた。石礫《いしつぶて》だった。孫六が、足元にあった小石を手にし、長身の武士にむかって投げたのだ。

「やつらに、石を投げろ！」

孫六が叫んだ。

いくつもの石が投げられ、武士たちの肩先をかすめたり、音を立てて足元に転がったりした。

グワッ、と呻《うめ》き声を上げ、別の武士がよろめいた。腰の辺りに、鶏卵ほどの石が直撃したのだ。

「当たったぞ！」

男のひとりが叫んだ。

「やっちまえ！」

孫六たちが騒ぎ立て、次々に石礫が飛来した。一膳めし屋にいた男たちが、石を拾っていっせいに投げ始めたのだ。

「おのれ！　下郎ども」

大柄な武士が怒りの声を上げたが、どうにもならなかった。さらに、四人の武士の背や尻などに石礫が当たった。

「引け！　引け」

大柄な武士が声を上げた。

四人の武士は、次々に反転して駆けだした。その姿は夜陰に呑まれるように消え、遠ざかっていく足音だけがひびいていたが、いっときすると、足音も聞こえなくなった。

……助かった。

源九郎は手にした刀を鞘《さや》に納めて、ふたりの若い武士に目をやった。

ふたりの武士は、大川の岸際に立っていた。まだ、刀を手にしたままである。弟と思われる武士は、左の袖が裂け、血に染まっていた。兄の方も手傷を負っている。着物の右の肩から背にかけて裂け、血の色があった。ふたりは蒼《あお》ざめた顔で、身を顫《ふる》わせている。

四

源九郎はふたりの若い武士に近付くと、

「大事ないか」

と、訊いた。

「は、はい、お蔭で、助かりました」

兄らしい武士が言い、ふたりは源九郎に深々と頭を下げた。

源九郎はふたりの傷に目をやり、命にかかわるような傷ではないようだ、と思い、ほっとした。

そこへ、孫六が駆け寄ってきて、

「でえじょうぶですかい」

と、昂《たかぶ》った声で訊いた。孫六は、まだ興奮しているらしい。

「孫六のお蔭で助かったよ。それにしても、機転がきくな。店の客に助太刀させるなど、孫六でなければ、思いつかなかったろうよ」

そう言って、源九郎は一膳めし屋の店先に目をやった。

まだ、数人の人影はあったが、店にもどった者が多いようだ。孫六は男たちに礼を言って帰してから、ここに走ってきたのだろう。

「おふたりのお蔭で、助かりました」

兄弟らしい武士は、孫六にも礼を言った。

「それほどでもねえや」

孫六が照れたような顔をした。

「わしらは、この近くに住む者だが、そこもとたちは」

源九郎が訊いた。

すると、ふたりは、前園誠一郎《せいいちろう》と里之助《さとのすけ》の兄弟と名乗った後、

「われらふたりは、田上《たがみ》藩の者でございます」

と、言い添えた。

「出羽の田上藩かな」

源九郎が驚いたような顔をして訊いた。

「そうです」

「すると、藩主は、青山京四郎《あおやまきようしろう》どの。い、いや、青山土佐守直高《とさのかみなおたか》さまか」

慌てて、源九郎が言い直した。

「は、はい、殿をご存じでござるか」

誠一郎が戸惑うような顔をして訊いた。

「い、いや、名を聞いているだけだ」

源九郎が言うと、孫六が、

「京四郎の殿さまか」

と言って、ニヤリとした。

源九郎と孫六は、田上藩主、青山土佐守のことを知っていた。知っていたとい

っても、直高がまだ藩主にはならず、京四郎と呼ばれていたころのことである（シリーズ十六巻『八万石の風来坊』）。

京四郎は、当時田上藩主だった青山伊勢守恭安《いせのかみただやす》の三男に生まれた。しかも、京四郎は側室の子だったので、田上藩を継ぐ目はないとみられていた。京四郎自身、世継ぎなど念頭になく、江戸で勝手気儘な暮らしをつづけていた。藩邸を出て、江戸市中を遊び歩くこともめずらしいことではなかった。

数年前のこと、京四郎ははぐれ長屋の近くを通りかかり、ならず者たちに手籠《てご》めに遭《あ》いそうになっていた娘を助けようとした。娘は、はぐれ長屋に住むおふくだった。ところが、京四郎は体に力が入らないほどの空腹で、剣の腕もたいしたことはなかった。おふくを助けるどころか、自分の身まで危うくなったのである。

そこへ、たまたま通りかかった源九郎が、剣をふるってふたりを助けたのだ。

助けられた京四郎は、空腹を訴え、

「すまぬが、何か食わしてもらえんかな。手元不如意《てもとふによい》でな」

と、源九郎たちに頼んだ。

しかたなく、源九郎とおふくは、京四郎をはぐれ長屋に連れて行ってめしを食わせた。それが縁で、京四郎ははぐれ長屋に住むことになったのだ。京四郎の胸の内には、堅苦しい藩邸の暮らしから抜け出したい気持ちがあったようだ。それに、当時、田上藩には世継ぎをめぐって藩を二分するような対立があった。京四郎は、そうした揉《も》め事からも逃げたかったらしい。

藩主、恭安には、四人の子がいた。嫡男の忠寛《ただひろ》、次男の康広《やすひろ》、三男の京四郎、それに長女の房姫《ふさひめ》である。

京四郎が長屋にあらわれたころ、恭安は老齢の上に風邪をこじらせて病床に臥《ふ》していた。体も衰弱し、藩の世継ぎを強く願った。

ところが、世継ぎをめぐって藩内に対立が起こったのだ。嫡男の忠寛は若くして死に、田上藩を継ぐのは、次男の康広ということになったが、康広は虚弱だった。そのころ、二十代半ばだったが、子供のような体軀だったのである。その上、病気がちで、病床に臥していることが多かった。そのため、多くの重臣たちは、康広さまが藩を継ぐのは無理だとみたのである。

そこで、身体壮健で英明な京四郎が田上藩を継ぐ話が持ち上がり、藩主の恭安も反対しなかった。

ところが、京四郎が藩を継ぐことに強く反対する者たちがいた。恭安の弟の青山上総守紀直《かずさのかみのりなお》と、紀直に同調する一部の重臣たちである。

当時、紀直は、兄の恭安が田上藩を継ぐおり、藩の領地を八千石分地してもらって分家を立て、江戸で暮らしていた。

紀直は次男の康広を推し、しばらくの間、自分が康広の後見人として、政《まつりごと》をみてもかまわない、とまで言い出したのだ。

紀直の腹のなかには、病身の康広の後見人になって田上藩の実権を握りたいという思惑があったのである。

ところが、藩の重臣たちの多くが、康広が田上藩を継ぐことに反対した。紀直の陰謀を察知したからである。ただ、紀直に籠絡《ろうらく》され、康広に田上藩を継がせようとする重臣たちもいた。そうしたことがあって、藩の要職にある者たちが世継ぎをめぐって対立していたのだ。

紀直一派は、康広を藩主の座に就かせるために卑劣な手段をとった。刺客を放って、京四郎を亡き者にしようとしたのである。

刺客たちは、はぐれ長屋にいた京四郎を襲った。その京四郎を守ったのが、源九郎をはじめとする長屋の住人たちだった。

そうしているうちに、康広を推していた藩の重臣たちの不正が発覚した。しかも、紀直が、康広を傀儡として自分が藩を牛耳るつもりでいることも明らかになった。

それまで、藩主になることに二の足を踏んでいた京四郎も、叔父の紀直に藩を乗っ取られれば、父の恭安も兄の康広も不幸な目に遭うことを知り、田上藩を継ぐことを決意したのだ。

病身の恭安も、弟の紀直の卑劣な陰謀を知り、京四郎に田上藩を継がせる腹を固めた。

その後、京四郎が田上藩を継ぎ、正室も迎えて土佐守直高を名乗るようになり、いまに至っている。

「おふたりは、殿をご存じなのか」

誠一郎が驚いたような顔をして訊いた。

「知ってるってほどじゃァねえが、京四郎さまが殿さまになる前《めえ》に、あっしらの長屋にいたことがあるんでさァ」

孫六が照れたような顔をして言った。

「すると、おふたりは、殿をお助けした長屋の方ですか」

誠一郎が訊いた。

「そうよ」

孫六が、胸を張って言った。源九郎は、微笑を浮かべて、誠一郎と里之助に目をやっている。

「家中の者から、長屋の方の話は聞いております」

「奇遇だな」

源九郎が言った。

「はい」

「それで、おぬしたちを襲った四人の武士は、何者かな。……辻斬りや追剝ぎの類《たぐい》ではないようだが」

源九郎が訊いた。四人の武士は、前園兄弟の命を狙って襲ったとみていい。

「四人は国許から出府した者たちで……」

里之助が言いかけたとき、

「待て、里之助」

と、誠一郎がとめた。

「いずれ、あらためて長屋にお伺《うかが》いし、お礼申し上げます。これには、込み入った事情がありますゆえ、そのおりに、お話しいたします」

誠一郎が、顔をこわばらせて言った。

「うむ……」

兄弟の一存では他言できない事情があるようだ、と源九郎は思った。

「われらは、これにて——」

そう言い残し、前園兄弟は足早に離れていった。

夜陰のなかに遠ざかっていくふたりの後ろ姿に目をやりながら、

「孫六、おれたちも帰るか」

源九郎が言った。

「へい」

孫六は、酔いが、冷めちまった、と渋い顔をしてつぶやいた。

五

ぽつ、ぽつ、と軒下から落ちる雨垂れの音が聞こえていた。はぐれ長屋の源九郎の家である。

源九郎は、菅井紋太夫《すがいもんだゆう》と将棋を指していた。朝方、菅井が将棋盤と飯櫃《めしびつ》をかかえて、源九郎の部屋にやってきたのだ。飯櫃には、ふたり分の握りめしと薄く切ったたくわんが入っていた。菅井は、無類の将棋好きだった。ふたりで握りめしを頬ばりながら将棋を指すつもりで、握りめしまで持参したのである。

菅井は五十がらみ、はぐれ長屋で独り暮らしをしている牢人だった。痩身で、総髪が肩まで伸びている。面長で、肉をえぐりとったように頬がこけ、顎がとがっていた。肌は浅黒く、貧乏神でも思わせるような陰気な顔をしている。

菅井は、両国広小路《こうこうじ》で居合抜きを観せて、口を糊《のり》していた。大道芸人である。ただ、居合の腕は本物だった。田宮流《たみやりゅう》居合の達人である。

雨や風の日は、居合の見世物に出られないので、好きな将棋を指しに源九郎の家にやってくるのだ。

「華町、大川端で、田上藩の家臣を助けたそうだな」

菅井は将棋盤を睨んだまま、憮然《ぶぜん》とした顔で訊いた。

将棋の形勢は、源九郎にかたむいていた。よほどの妙手でもなければ、菅井に勝ち目はないだろう。

「ああ、たまたま通りかかってな。……孫六が助けを呼んでくれて、命拾いをしたよ」

源九郎と孫六で、前園兄弟を助けて十日ほど経っていた。菅井は、孫六から話を聞いたらしい。

「うむ……。何とか窮地を脱せねばな」

菅井が将棋盤に目をやったままつぶやいた。

「孫六の機転で、窮地を脱したわけだ」

源九郎が言った。

「奇手だな」

「そうだ。追い詰められたときは、奇手にかぎる」

「ならば、こうだ！」

菅井が声を上げ、王の前にパチリと音をたてて金を打った。

「将棋の話か……」

源九郎がつぶやいた。菅井の話は、将棋と源九郎たちが前園兄弟を助けたことと混同しているようだ。

だが、菅井の金打ちは、奇手でも何でもなかった。王の守りを固めようとしただけである。

「では、金をとらせてもらうか」

源九郎は、銀を進めて金をとった。

飛車がきいているので、菅井は王で金をとることはできない。

「うむ……」

菅井は唸《うな》り声を上げ、将棋盤を睨んでいる。

この局面では、王を逃がすしか手はないのだが——。菅井は、長考に入ったようだ。

源九郎は、勝手に考えろ、と胸の内でつぶやき、小皿に残っているたくわんを手にし、ポリポリと噛み始めた。

そのとき、腰高障子の向こうで足音がし、下駄《げた》の泥を落とす音につづいて、腰高障子があいた。顔を出したのは、茂次である。

茂次も、はぐれ長屋の住人である。歳は三十がらみ、お梅《うめ》という幼馴染《おさななじ》みと所帯を持っているが、まだ子供はいなかった。

茂次は研師《とぎし》だった。刀槍《とうそう》を研ぐ名の知れた研屋に奉公したのだが、師匠と喧嘩して飛び出し、その後は長屋や裏路地をまわって、包丁、鋏《はさみ》、剃刀《かみそり》などを研いだり、鋸《のこぎり》の目立てなどをして暮らしをたてていた。

茂次も菅井と同じように、雨の日は商売に出られない。それで、家でお梅といっしょにいるのに飽きてくると、源九郎の家に顔を出すのだ。

ところが、茂次は座敷に上がろうとせず、土間に立ったまま、

「華町の旦那、来やしたぜ」

と、声をひそめて言った。雨はやんだのか、茂次は傘を手にしていなかった。

「何が来たのだ」

「お侍が三人、こっちに来やす」

茂次が、家から出て路地木戸に目をむけたとき、三人の武士の姿が見えたと口にした。

「牢人か」

源九郎が茂次に顔をむけて訊いた。

菅井にも、茂次の話が聞こえているはずだが何も言わず、顔をしかめて将棋盤を睨んでいる。

「そうじゃァねえ。……供はいねえが、身分のありそうなお侍もいやした」

「ここに来るのか」

「分からねえが、こっちに来やす」

「前園兄弟かな」

源九郎は、前園兄弟が、いずれ、あらためて長屋にお伺いする、と話したのを

思い出した。ただ、前園兄弟は身分のありそうな武士には見えないだろう。

源九郎と茂次が、そんなやり取りをしていると、複数の足音が、戸口の前でとまった。

「田上藩の者でござる。華町源九郎どのは、おられようか」

戸口の向こうで、声がした。

前園兄弟の声ではなかったが、源九郎は聞き覚えがあった。ただ、だれの声だか、思い出せない。

「いるぞ。入ってくれ」

源九郎は座したまま声をかけた。

土間にいた茂次は、慌てて座敷に上がった。そこにいては、邪魔だと思ったようだ。

すぐに、腰高障子があき、羽織袴の武士が入ってきた。三人である。前園兄弟と壮年の武士だった。

源九郎は壮年の武士を知っていた。田上藩の大目付《おおめつけ》、高野主計《たかのかずえ》である。茂次が、身分のある武士とみたのは高野のようだ。

源九郎は高野たちとともに、京四郎の身を守るために、紀直一派がはなった刺客と闘ったことがあったのだ。

田上藩の大目付は国許と江戸にひとりずついて、家臣の監察糾弾にあたっている。高野は江戸勤番の大目付である。

「華町どの、菅井どの、お久しゅうござる」

高野は、源九郎と菅井に目をむけて言った。菅井も、高野たちと共に闘ったのである。

菅井は将棋盤から目を離し、

「高野どのか、遠慮なく上がってくれ」

と、声をかけた。自分の家のような言い方である。

「では、失礼する」

高野たち三人は、土間から座敷に上がった。そして、将棋盤のそばに腰を下ろすと、

「将棋でござるか」

そう言って、高野が将棋盤を覗《のぞ》こうとした。

すると、菅井は慌てて駒を掻《か》きまわし、

「いや、いま、始めたところでな。勝負は、これからなのだ。……また、駒を並

べてやりなおせばいい」

　そう言って、勝手に駒を片付け始めた。

　……あと、数手でつんでいたのに、勝手なことを言いおって。

　そう思ったが、源九郎は苦笑いを浮かべただけだった。

六

「華町どの、前園兄弟から話を聞きもうした。重ね重ね、かたじけのうござる」

　そう言って、高野が源九郎に頭を下げた。

　つづいて、前園兄弟も、礼を述べ、畳に両手をついて頭を下げた。ふたりは、ひどく恐縮していた。

「いや、たまたま通りかかって、助太刀したまでのこと。……それに、助けたのは、それがしでなく、孫六かもしれん」

　源九郎が戸惑うような顔をして言った。

「孫六なる者のことも、兄弟から聞いていてな。華町どのから、田上藩の者が、礼を言っていたと伝えていただけまいか」

「承知した」

そこで、話がとぎれ、座敷が沈黙につつまれたとき、

「ところで、ご兄弟を狙った四人の武士は、何者でござる」

源九郎が声をあらためて訊いた。何者なのか、ずっと気になっていたのである。

「そのことだが、四人は国許から出奔《しゅっぽん》した者たちとみているのだ」

高野の顔がけわしくなった。

「四人の名も、分かっておられるのか」

「分かっている。出奔したのは、七人でな、そのうちの四人らしい」

「七人とな」

思わず、源九郎は聞き返した。大勢である。田上藩の国許で、何かあったのであろうか。

菅井と茂次も驚いたような顔をしたが、口をとじたまま高野たちに目をやっている。

「二月ほど前のことだが、国許の大目付の前園藤左衛門《とうざえもん》どのが下城時に襲われ、命を落としたのだ。……そのときの様子を、見ていた者がいてな。襲ったのは、頭巾《ずきん》で顔を隠した七人の武士と知れた。その七人が出奔したらしいのだ」

前園は高野と同じ大目付で、国許の家臣たちに目をひからせていたという。また、高野は若いころ、国許で前園とともに目付の任にあたっていたことがあるそうだ。

「前園どのといわれたが、ふたりの――」

源九郎は、高野の脇に座している前園兄弟に目をやった。

「そうだ。ふたりは、前園どののお子だ」

高野が言った。

「すると、ふたりは父親の敵討ちのために国許から」

源九郎は、前園兄弟が出府した理由を察知した。

ふたりの兄弟は、顔をけわしくして虚空を睨むように見すえている。

「いかさま。……一月ほど前、七人が江戸に潜伏しているらしいと分かり、ふたりは急遽《きゆうきよ》江戸に来たのだ」

「それで？」

源九郎は、話の先をうながした。

「本所林町《はやしまち》の借家に、父を襲った七人のなかの利根山作蔵《とねやまさくぞう》と渡辺久造《わたなべきゆうぞう》が身をひそめていると聞き、われらふたりで探りにいった帰りでした」

前園兄弟が話したことによると、林町の借家をつきとめたが、利根山と渡辺は留守だったという。その帰りに、大川端で利根山たちに襲われたそうだ。

「他のふたりの名も、分かっているのか」

源九郎が訊いた。

「名と顔が一致しませんが、父を襲った七人のなかのふたりとみています」

誠一郎につづいて、高野が、

「前園どのを襲った七人の名も身分も知れているのだ」

そう前置きして、七人のことを話した。

利根山作蔵――七人の頭格で、身分は徒士組小頭《かちぐみこがしら》

渡辺久造――利根山の配下の徒士

寺山作之丞《てらやまさくのじょう》――山方《やまかた》。徒士から選ばれた藩有林の監査役

志茂川重信《しもかわしげのぶ》――寺山と同じ山方

永井稔次郎《ながいねんじろう》――郷士

八尾登之助《やおとうのすけ》――郷士

唐沢弥八《からさわやはち》――足軽

「利根山以外は、軽格の者たちだが、いずれも腕がたつ」

高野が言い添えた。

「うむ……」

源九郎も、大川端でやりあった四人は腕がたつ、とみていた。それにしても、厄介《やっかい》な相手である。腕のたつ者が、七人もいるのだ。

「七人のうち、五人は迅剛流《じんごうりゆう》一門の者なのだ。なかでも、利根山と渡辺は遣い手として知られている」

「なに、迅剛流一門だと！」

思わず、源九郎の声が大きくなった。菅井も驚いたような顔をしている。

源九郎たちは、迅剛流のことを知っていた。京四郎を長屋に匿《かくま》ったとき、敵の刺客のなかに迅剛流の遣い手がいて、源九郎と菅井は闘ったことがあったのだ。

迅剛流は、享保《きようほう》のころ、田上藩の領内に住んでいた村神泉十郎《むらかみせんじゆうろう》なる郷士が、武者修行で諸国をまわり、剣の精妙を得てひらいた流派だと聞いていた。

特に変わった刀法を遣うわけではないが、迅さと剛剣を本領とすることから迅剛流と名付けられたという。

いまも、迅剛流の道場が領内にあり、藩士はもとより郷士や猟師の子弟なども門弟として通っているそうだ。

「前園どのを襲った七人には、迅剛流一門のつながりがあるのかもしれん」

高野が言った。ただ、迅剛流一門と分かっているのは五人だけで、他のふたりは、はっきりしないという。

「前園どのだが、剣は何流を遣われるな」

源九郎は、流派間の確執もあるのではないかと思って訊いてみた。

「父は、剣術道場に通ったことがありません」

すぐに、誠一郎が言った。

「そうか」

どうやら、剣術の流派の対立ではないようだ。

七

「なにゆえ、利根山たちは大目付の前園どのの命を狙ったのかな」

源九郎が、声をあらためて訊いた。

利根山をはじめとする七人に、大目付の前園に対して役柄上の確執や私怨《しえん》があるとは思えなかった。

「それが、はっきりせんのだ」

「しかし、七人もで大目付どのの命を狙ったとすれば、それなりの理由があるはずだが」

さらに、源九郎が訊いた。

「前園どのが、国許で探っていた鳴瀬川《なるせがわ》の普請にかかわる不正が、露見するのを恐れた者たちの仕業とみる者もいるが、それも噂だけでな」

高野によると、鳴瀬川は領内を流れている川だという。鳴瀬川は暴れ川とも呼ばれ、大雨の度に堤が決壊して土砂が川沿いの田畑にひろがり、多大な被害が生ずることが多かったという。そこで、藩では、普請奉行の重倉周三郎《しげくらしゅうざぶろう》と郡代の桑原宗八郎《くわばらそうはちろう》を差配役とし、川底の土砂を取り除いたり、堤を高くしたりする普請を行っていたそうだ。

その普請にかかわって、普請奉行や郡代が人足の人数や資材などを水増しし、浮いた金を私腹しているという噂があったという。

「前園どのが亡くなった後、不正の話はどうなった」

源九郎が訊いた。

「いまも、前園どのの配下の目付筋の者たちが、探っているはずだが、これといった不正の証《あかし》はなく、調べは進んでいないようだ」

高野がそこまで話したとき、

「利根山たちを捕らえて訊問《じんもん》すれば、鳴瀬川にかかわる不正も、はっきりするかもしれません」

誠一郎が、身を乗り出すようにして言った。

「誠一郎のいうとおりでな。われら江戸の目付筋の者も、前園兄弟とともに七人の行方を探っているわけだ」

高野が言った。

「なるほど……」

前園兄弟と高野たちが、なぜ利根山たち七人の行方を追っているのか、その理由が、源九郎にも分かった。

話がとぎれたとき、高野が、

「われらが、ここにきたのは、華町どのたちに助けてもらった礼を言うためだが、実は、もうひとつ、大事な用件があってな」

と、声をあらためて言った。

「用件とは」

源九郎が訊いた。

「殿に、前園兄弟が、華町どのたちに助けてもらったことをお話ししたのだ。すると、殿が華町どのたちに手を貸してもらったらどうか、とおおせられてな」

そう言って、高野は源九郎、菅井、茂次の三人に目をやった。

「手を貸せとは？」

「ここにいる兄弟と、われらに、手を貸してもらいたいのだ」

そのとき、黙って話を聞いていた菅井が、

「敵討ちの助太刀か」

と、口を挟んだ。

「それもある」

「ほかには」

源九郎が訊いた。

「敵討ちの前に、七人のうちのだれかを捕らえて、訊問せねばならない。斬る前に、なぜ前園どのを襲ったのか、だれが前園どのを斬ったのか、そうしたことをはっきりさせないと、此度《こたび》の件はうやむやになってしまう」

高野が顔をきびしくして言った。

「そうかもしれんが……」

源九郎は躊躇《ちゅうちょ》した。

たしかに、源九郎たちは、無頼牢人に脅された商家で用心棒に雇われたり、勾引《かどわか》された御家人の娘を助け出して礼金をもらったりしてきた。それで、源九郎たちのことをはぐれ長屋の用心棒などと呼ぶ者もいる。

だが、高野たちに手を貸して、七人の居所をつかんで捕らえるとなると、源九郎たちの手に負えるような仕事ではない。八万石の大名家を揺るがすような大事件なのである。

「厄介な仕事であることは、承知している」

高野が言った。

「うむ……」

源九郎は口をとじていた。

「前園兄弟を助けてもらった礼もあり、とりあえず、ここに用意したが……」

そう言って、高野は懐から袱紗《ふくさ》包みを取り出し、膝先に置いた。

源九郎はその膨らみ具合からみて、

……百両ある！

と、みた。袱紗には切餅《きりもち》が四つ、包んでありそうだ。

切餅は、一分銀を百枚、紙に方形につつんだものである。四分が一両なので、切餅ひとつで二十五両、四つで百両である。

それだけではない。高野は、とりあえず用意した、と言ったのだ。成り行きによっては、さらに礼金を出すということである。

そのとき、菅井が、

「やってもいいぞ」

と、ぼそりと言った。細い双眸《そうぼう》が、獲物を睨む蛇《くちなわ》のようにひかっている。

つづいて、茂次が、

「あっしも、やりやすぜ。京四郎さまのためだ。黙ってみているわけには、いかねえ」

と、声を上げた。

「わしもやろう」

源九郎も強いひびきのある声で言った。百両の分け前が手に入れば、当分金の心配はしないですむ。それに、京四郎の頼みとあっては断ることができない。

第二章　再　会

一

「華町の旦那、亀楽《きらく》に繰り出しやすか」

茂次が、声を上げた。

はぐれ長屋の源九郎の家だった。高野と前園兄弟を送り出した後、菅井と茂次はそのまま座敷に残ったのである。

亀楽は、本所松坂町《まつざかちょう》にある縄暖簾《なわのれん》を出した飲み屋だった。源九郎たち長屋の仲間は、何か相談することがあると、亀楽に集まって一杯やりながら話すことが多かった。

「だが、雨だぞ」

雨はいったんやんだが、また降り出していた。雨音が激しい。本降りになってきたようだ。

「どうだ、今日は、ここで一杯やりながら話さんか」

源九郎が言った。

「おれは、ここでいいぞ。……話が早くすめば、一勝負できるからな」

菅井が、ニヤリとした。将棋をやるつもりらしい。

源九郎は、仲間たちが集まり、酒が入ったら、将棋など、できるはずがない、と思ったが、口にはせず、

「茂次、孫六たちを呼んできてくれんか。……湯飲みとな、それに、酒と肴《さかな》があったら、いっしょにな」

と、茂次に頼んだ。今日は雨なので、仲間たちも仕事に出られず、長屋にくすぶっているはずである。

「承知しやした。ちょいと、お待ちを」

そう言い残し、茂次は土間の隅に置いてあった傘を手にして外へ出ていった。

いっときすると、ひとり、ふたりと集まってきた。手に手に、酒の入った貧乏徳利、残り物の煮染《にしめ》、たくわんなどを手にしていた。味噌《みそ》の入った壺をかかえ

てきた者もいる。酒の肴にするつもりらしい。

座敷に集まったのは、源九郎、菅井、茂次、孫六、三太郎《さんたろう》、平太《へいた》の六人だった。いずれも、源九郎たちの仲間で、はぐれ長屋の用心棒と呼ばれる男たちである。ただ、うらぶれた牢人、老いた岡っ引きくずれ、その道から挫折した町人などで、用心棒と呼ばれるに相応《ふさわ》しい暮らしぶりではなかった。

「狭いが、腰を下ろしてくれ」

源九郎が、男たちに声をかけた。

「華町の旦那、何かあったんですかい」

若い平太が訊《き》いた。ふだんは鳶《とび》の仕事をしていた。身軽で足が速いことから、すっとび平太と呼ばれている。

「話は、一杯やってからだ」

源九郎はそういうと、貧乏徳利を手にし、脇に腰を下ろした孫六の湯飲みについでやった。

「ヘッヘヘ……。ありがてえ、酒さえありゃァいうことはねえ」

孫六が、嬉しそうに目を細めて言った。

源九郎たち六人は、近くにいた仲間と酒をつぎ合って、いっとき飲んだ後、

「今日、田上藩の高野どのが、ここにみえたのを知っているかな」

と、源九郎が訊いた。

「知ってやす」

三太郎が小声で言ったが、孫六と平太は知らないようだった。

三太郎は顔が妙に長く、頰がこけて顎《あご》が張っていた。艶《つや》のない、瓢簞《ひょうたん》のような顔をしている。

三太郎は、砂絵描きだった。砂絵描きは、染め粉で染めた砂を色別に小袋に入れて持ち歩き、寺社の門前や広小路など人通りの多い場所で、地面に色砂を垂らして絵を描き、見物人から投げ銭をもらう大道芸人である。三太郎も、はぐれ者のひとりである。

「実は、わしと孫六とで、田上藩の者をふたり、大川端で助けたのだ。それで、高野どのがふたりを連れて礼にきたわけだ」

源九郎は、前園兄弟の名と、大川端で利根山たちとやりあったときの様子をかいつまんで話した。

「とっつァん、やるじゃァねえか。さすが、番場町《ばんばちょう》の親分だぜ」

茂次が茶化すように言った。

「なに、てえしたことじゃアねえ。……なにしろ、相手は二本差しが四人だからな。あっしと、華町の旦那だけじゃアどうにもならねえ」

孫六が得意そうな顔をして言った。

孫六は中風を患って隠居する前は、番場町の親分と呼ばれた腕利きの親分だった。中風で左足が不自由になったこともあって、岡っ引きの足を洗い、いまは、はぐれ長屋に住む娘夫婦の世話になっている。

「高野どのは、礼にきただけではない。実は、わしらに頼みがあってきたのだ」

源九郎が声をあらためて言った。

「頼みって、なんです」

平太が訊いた。

「前園兄弟の敵討ちの助太刀をすることだが、その前にやらねばならぬことがある」

そう前置きして、源九郎は、高野から聞いた前園藤左衛門が国許で利根山たち七人に襲われて殺されたことや、出奔《しゅっぽん》した七人を追って、前園兄弟も江戸に出てきたことなどを一通り話した。

「それで、あっしらは、何をやりゃアいいんで」

孫六が、むずかしい顔をして訊いた。八万石の大名家のなかで起こったことであり、貧乏長屋の住人がかかわれるような事件ではないとみたのだろう。

「まず、七人の居所をつかみ、討つなり捕らえるなりすることだな」

源九郎が言った。

「旦那、無理だ。……あっしらのような者に、手の出せるような事件《ヤマ》じゃァねえ」

孫六が顔をゆがめた。酒気を帯びて赭黒《あかぐろ》く染まった顔が、つぶれかかった熟《じゅく》柿《し》のようである。

三太郎と平太も、困惑したような顔をして口をつぐんでいた。

「むろん、わしらだけではない。高野どのや前園兄弟といっしょだ」

源九郎につづいて、菅井が、

「それに、長屋にいた青山さまのためだぞ」

と、低い声で言い添えた。

菅井は青山さまと呼んだ。さすがに、八万石の大名となった男を、京四郎とは呼べなかったのだろう。

「京四郎の殿さまですかい」

平太が声を上げた。

「そうだ」

「お殿さまのためと言われてもなァ。命がいくらあっても、足りねえ……」

まだ、孫六は渋い顔をしていた。

「むろん、ただではない。……礼金をもらった」

源九郎が、おもむろに懐から袱紗《ふくさ》包みを取り出し、畳の上に置いた。

源九郎は、ゆっくりと袱紗をひらき始めた。

その場に車座になっていた五人の目が、いっせいに源九郎の指先に集まった。

「き、切餅《きりもち》だ！　四つもある」

「百両だぞ！」

平太と孫六が、つづいて声を上げた。三太郎は目を剝《む》いて切餅を見つめている。

菅井と茂次は、袱紗包みのなかに百両あることを知っていたので、ニヤニヤしていた。

「高野どのの依頼を引き受ければ、この金を六人で分けることになるな」

源九郎が、おもむろに言った。

「や、やる！」

孫六が声をつまらせて言った。

つづいて、平太と三太郎も、やる！　と声を上げた。

「では、決まった。いつものように、この金は六人で均等に分けることにする」

源九郎たち六人は、これまでも仕事を依頼され、金をもらったときは、六人で等分していたのだ。

「どうだ、ひとり頭、十五両で——。残った十両は、いつものように亀楽の飲み代にしたいが」

源九郎が言った。等分した後の半端な金は、これまでも六人の飲み代にしていたのだ。

「それでいい」

孫六が声を上げると、他の四人もうなずいた。

「では、分けるぞ」

源九郎は切餅を破り、一分銀をそれぞれの膝先に十五両分だけ置いた。

「ありがてえ！　これで、当分金の心配はしねえですむ」

孫六は巾着《きんちゃく》を取り出すと、急いで一分銀を入れ始めた。

「酒も好きなだけ飲めるぜ」

茂次が巾着に一分銀を入れながら言った。

三太郎も平太も、嬉しそうな顔をしている。

男たちが金を巾着に入れ終えると、

「さァ、今夜は、ゆっくり飲もう」

源九郎が、男たちに声をかけた。

二

源九郎の家に、孫六と平太が顔をだした。源九郎たち六人で、酒を飲んだ翌日である。

四ツ（午前十時）ごろだった。昨夜、遅くまで飲んだために、集まるのがいまごろになってしまったのだ。

源九郎たち三人は、本所林町に行くつもりだった。前園兄弟が、利根山と渡辺が身をひそめていた借家が林町にあると口にしたので、とりあえず、その借家を捜し出し、利根山たちがいるかどうか、はっきりさせようと思ったのである。

本所林町は、はぐれ長屋のある相生町からすぐだった。林町は竪川の対岸にひろがっている。

「茂次たちは、もう長屋を出たようですぜ」

孫六が言った。

昨夜、飲みながらの話で、茂次と三太郎は、田上藩の上屋敷のある愛宕下《あたごした》に出かけることになった。田上藩に奉公している中間《ちゅうげん》、屋敷に出入りする植木屋や呉服屋などから、藩邸内の噂を聞き込むのである。

菅井は、おれは、田上藩の者に訊いてみる、と言って、朝から京橋に出かけていた。菅井によると、以前京四郎を助けて闘ったときに知り合った滝守秋之助《たきもりあきのすけ》という田上藩士が、水谷町《みずたにちよう》の町宿《ちようしゆく》にいるという。町宿は、藩邸内に入りきれなくなった藩士が、市井《しせい》の借家などに住むことである。

「わしらも、出かけるか」

源九郎が言った。

三人は、長屋の路地木戸をくぐると、竪川の方に足をむけた。

「借家に、利根山と渡辺はいやすかね」

孫六が訊いた。

「いないな」

いれば、高野たちが手を打っているはずである。その後、前園兄弟や高野たちが、林町に行ったという話は聞いていなかった。

「借家を出ちまったわけか」

「そうみていいな」

「それじゃァ、行ってもしょうがねえ」

孫六が不満そうな顔をして言った。

「いや、利根山たちの行き先が、分かるかもしれんぞ」

源九郎は、行き先を手繰る手掛かりが得られるかもしれないと思ったのだ。

そんなやり取りをしながら、源九郎たちは、竪川沿いの通りに出た。

「二ツ目橋を渡ろう」

源九郎が言い、三人は川沿いの道を右手に折れた。

竪川には、大川寄りの一ツ目橋から、二ツ目橋、三ツ目橋と順にかかっていた。本所林町は二ツ目橋を渡った先から、川沿いに一丁目から五丁目まで細長くつづいている。

源九郎たちは、二ツ目橋を渡ると、左手におれ、川沿いの道を東にむかった。

「借家はどこにあるか、分かってやすか」

平太が訊いた。

「二丁目だと聞いている。川沿いにある下駄屋《げたや》の脇だそうだ」

源九郎は、前園兄弟から、借家がどこにあるか聞いていたのだ。

川沿いの道をいっとき歩くと、二丁目に入った。

「下駄屋だな」

孫六が、道沿いの店に目をやりながら言った。

二丁目に入って間もなく、

「あった！」

平太が、声を上げた。

半町ほど先に、下駄屋が見えた。店先の台に、赤や紫などの派手な鼻緒をつけた下駄が並んでいる。

源九郎たちは、足早に下駄屋に近付いた。

「旦那、そこに、借家らしい家がありやすぜ」

孫六が、下駄屋の先を指差した。

道沿いに借家らしい仕舞屋《しもたや》が二軒並んでいた。小体《こてい》な家で、二軒とも表戸はしまっている。

「下駄屋で、訊いてみるか」

源九郎は店のなかを覗《のぞ》いてみた。土間の先の板間で、親爺らしい男が下駄の台木に鼻緒をつけていた。

源九郎は店に入り、

「店のあるじか」

と、男に声をかけた。孫六と平太は、源九郎の後ろに立って並べてある下駄に目をやっている。

「へい、下駄ですかい」

親爺は愛想笑いを浮かべ、慌てて立ち上がろうとした。

「いや、ちと、訊きたいことがあるのだ」

源九郎が言った。

「……なんです」

とたんに、親爺は無愛想な顔になって、座りなおした。

「そこに、借家があるな」

源九郎が借家のある方を指差した。

「ありやすが」

「武士が住んでいたはずだが」

源九郎は、利根山と渡辺の名は口にしなかった。

「おふたり、住んでいやしたが、半月ほど前に家を出やしたよ」

親爺が素っ気なく言った。

「そうか。……ふたりの行き先は、知らんか」

源九郎は、行き先が知りたかったのだ。

「知りませんねえ。あっしは、話したこともねえんで」

そう言うと、親爺はまた下駄の台木に鼻緒をつけ始めた。

「どうだ、ふたりの家を訪ねてきた者をみなかったか」

さらに、源九郎が訊いた。

「……見ませんねえ」

親爺は、手をとめずに鼻緒をつけている。

それから、源九郎が何を訊いても、親爺はろくな返事をしなかった。源九郎は武士だが、貧相な年寄りなので、みくびったようだ。

「邪魔したな」

源九郎は渋い顔をして下駄屋から出た。

店から出ると、孫六が、

「旦那、あっしが、そこの八百屋で訊いてみやしょう」

と言って、下駄屋の隣にある八百屋に足をむけた。

店先から覗くと、五十がらみの男が、台の上に青菜を並べていた。店の親爺らしい。

「親爺かい」

孫六は、男に近付いて訊いた。

「そうだが」

男は初めから無愛想だった。孫六を客とみなかったようだ。

孫六は、すばやく懐から巾着を取り出すと、波銭を何枚か摘《つ》まみ出し、親爺の手に握らせてやった。

「こいつは、すまねえ」

途端に、親爺の腰が低くなり、満面に愛想笑いを浮かべた。袖の下が利いたらしい。

「ちと、訊きてえことがあるんだがな」

孫六が声を低くして言った。

「なんです？」

「この先に、借家があるな」

「ありやす」

「二本差しが、ふたり住んでいたはずだが」

「住んでやした。……旦那、親分さんですかい」

親爺が驚いたような顔をした。

「まァ、そうだ。……ふたりは、利根山と渡辺という名だな」

孫六は岡っ引きであることは、否定しなかった。その方が訊きやすいと思ったのであろう。

「よく、ご存じで」

親爺の腰がさらに低くなり、言葉遣いまで変わった。

「ふたりは、半月ほど前に家を出たはずだ」

「へい、ふたりが風呂敷包みを手にして、歩いていくのを見やした」

親爺によると、ちょうど店の前で、大根を買いにきた近所の女房と話しているときに、ふたりが通りかかったという。

「行き先は、分からねえかい」

「分からねえ……」

親爺は首をひねった。

「ふたりが話してるのを、耳にしなかったかい」

「深川の話をしてやした」

「深川な」

「ひとりが、橋がそばなので、日本橋へ行くには早い、と言ってやしたが」

「何橋だい」

すぐに、孫六が訊いた。橋の名が分かれば、ふたりの行き先が絞れると思ったのであろう。

「そこまでは、分からねえ」

親爺は首を横に振った。

それから、孫六は親爺に、他に耳にしたことや借家に住んでいたころのことなどを訊いたが、ふたりの行き先を探る手掛かりになるような話は聞けなかった。

孫六が店の外に出て来ると、

「さすが、孫六。うまく聞き出したな」

源九郎が感心したように言った。源九郎は、店先でふたりのやり取りを聞いていたらしい。

「それほどでもねえや」

孫六が照れたような顔をして言った。

三

「ふたりの住処《すみか》は、深川で橋のそばかもしれんな」

源九郎が言った。

「日本橋に近いとも言ってやした」

「となると、新大橋か永代橋だな」

深川から日本橋を結んでいる橋は、新大橋と永代橋である。

「へい」

「どうだ、これから行ってみるか」

利根山と渡辺が、長屋に住むとは思えないので、橋の近くの借家にあたればいい、と源九郎は思った。

「行きやしょう」

孫六と平太も、その気になった。

源九郎たちは、深川に向かう道筋で一膳めし屋を目にとめ、腹ごしらえをした。そして、まず新大橋のたもとに行った。

新大橋のたもと近くには、御籾蔵《おもみぐら》や大名の下屋敷などがあって町家はあまりなかった。念のため、付近の路地をまわってみたが、借家らしい家屋は見当たらなかった。

「永代橋まで足を伸ばすか」

「へい」

源九郎たちは永代橋のたもとまで行ってみた。

永代橋の近くは深川佐賀町《さがちょう》で、橋のたもとや大川沿いには町家が並んでいた。人通りも多く、料理屋、船宿、一膳めし屋、そば屋など、飲み食いできる店が目についた。

源九郎たちは通り沿いで探したが、武士の住む借家は見つからなかった。

「今日は、これまでだな」

夕陽が、大川の川面《かわも》の先にひろがる日本橋の家並の向こうに沈みかけていた。いっときすれば、暮れ六ツ（午後六時）の鐘が鳴るだろう。

源九郎たちは、大川端の道を通ってはぐれ長屋に帰った。すでに、長屋は夕闇につつまれていた。どの家からも灯《ひ》が洩《も》れ、あちこちから亭主のがなり声、赤子の泣き声、笑い声、腰高障子をあけしめする音などが聞こえ、日中より喧《やかま》しかった。長屋は、一日のうちで一番騒がしいときかもしれない。男たちが仕事から、子供たちは遊びから帰り、家族が集まっているときなのだ。

「旦那の家に、だれかいやすぜ」

孫六が言った。

見ると、源九郎の家の腰高障子に灯の色があった。だれか、行灯《あんどん》を点《とも》しているようだ。

「盗人かな」

平太が言った。

「盗人のはずがなかろう」

貧乏牢人の家に入り、行灯を点している盗人はいないだろう。

源九郎は腰高障子をあけた。なかにいたのは、菅井、茂次、三太郎の三人だった。菅井と茂次が将棋盤を前にして座り、三太郎は脇から覗いている。

「華町、待っていたぞ」

菅井が声を上げた。

「わしの家で、将棋をやっていたのか」

「いや、いま始めたところだ。……茂次が、将棋を教えてくれとせがむので、仕方なくな」

菅井が言うと、

「華町の旦那、ちがうんでさァ。菅井の旦那が、駒を並べるだけでもいいから、おれの将棋の相手をしろと言うんで、つい……」

茂次が首をすくめて言った。

「どうでもいいが、三人は、何しにここに来たのだ」

「今日、探ったことを知らせ合うためだ。……お互い、勝手に探っていたら、埒《らち》が明かないだろうが」

菅井が言った。

「まァ、そうだが……」

源九郎は渋い顔をして、孫六と平太に、家の者に帰ったことを知らせてから、源九郎の家に来るように話した。そうでないと、家族が心配すると思ったのである。

源九郎は喉が渇いていたので、流し場で水瓶《みずがめ》の水を柄杓《ひしゃく》ですくって飲んでから、座敷に腰を下ろした。

菅井は将棋盤に目をやりながら独りで駒を動かしていたが、孫六と平太が入ってくると、駒を片付け始めた。さすがに、ひとりだけ将棋を指しているわけにはいかない、と思ったようだ。

「それで、何か知れたのか」

源九郎が、集まった男たちに目をやって訊いた。

「それじゃア、あっしらから」

そう言って、茂次と三太郎が、今日探ったことを話しだした。

ふたりは、愛宕下の田上藩の上屋敷の近くで、中間や屋敷に出入りする植木屋などをつかまえて話を聞いたという。

「ちかごろ、庭木の手入れで、お屋敷に入《へえ》った植木屋が、いつもより騒がしいように感じたと言ってやしたぜ」

茂次が言った。

すると、菅井が後をとって、

「そのことだがな。おれも、滝守どのから聞いたぞ」

と、口を挟んだ。

「菅井、話してみろ」

源九郎が話の先をうながした。

「国許から出奔した利根山たち七人だがな。どうも、国許から逃げてきただけではないらしいぞ」

菅井が言った。

「どういうことだ？」

「滝守どのの話では、出奔した利根山たち七人は、江戸にいる重臣の命を狙っているのではないかというのだ」

「すると、刺客！」

思わず、源九郎の声が大きくなった。

「そうだ。つまり、国許の前園藤左衛門さまにつづいて、江戸にいる重臣の命を狙っているわけだ。……七人もで江戸に入ったのは、重臣の暗殺のためらしい」

「その重臣は、だれだ」

源九郎が訊いた。

「滝守どのにも、分からないようだ」

「うむ……。いずれにしろ、早く利根山たちの居所をつきとめて、捕らえるなり、討つなりするしかないな」

「それで、利根山たちの居所はつかめたのか」

菅井が、源九郎に訊いた。

茂次と三太郎の目も、源九郎にむけられている。

「深川の新大橋か、永代橋の近くの借家らしいのだが、まだ、ふたりの居所は分からないのだ」

源九郎は、孫六が八百屋の親爺から話を聞き、三人で新大橋と永代橋のたもと近くを探したことを話し、

「明日も、深川に行って探してみるつもりだ」

と、言い添えた。

それぞれの話が一通り終わると、菅井が、

「華町、まだ寝るのは早いぞ」

と、口許に薄笑いを浮かべて言った。

……菅井め、将棋をやるつもりだな。

と源九郎は思い、

「駄目だ。一日中、歩きまわってな。もう、横になって寝るだけだ」

そう言い、さっさと枕屛風《まくらびようぶ》の陰から夜具を引き出した。

「おれも、帰《けえ》って寝よう」

茂次が言って腰を上げると、孫六、平太、三太郎の三人も立ち上がった。

「しかたない。おれも、帰るか」

菅井が、恨めしそうな顔をして腰を上げた。

四

源九郎、孫六、平太の三人は、疲れた足取りではぐれ長屋の路地木戸をくぐった。三人は、朝から深川佐賀町に出かけ、利根山たちの住む借家を探したが、見つからなかったのだ。

源九郎たちが井戸の近くまでくると、お熊《くま》とおまつが小走りに近寄ってきた。ふたりは、長屋に住む女房である。

「華町の旦那、お客さんですよ」

お熊が声をひそめて言った。

お熊は、源九郎の斜向《はす》かいの家に住む助造《すけぞう》という日傭取《ひようと》りの女房だった。子供はいなかった。四十過ぎで、でっぷり太っている。浅黒い顔をし、熊のような大女だが、心根はやさしく、親切だったので、長屋の者たちには好かれていた。

お熊は、独り暮らしの源九郎にも気遣って、ときどき残りのめしや煮染などを持ってきてくれる。

おまつは、お熊の隣の家に住む辰次《たつじ》という男の女房だった。辰次も日傭取りである。お熊と馬が合うのか、ふたりでおしゃべりをしていることが多い。

「客だと。だれかな」

源九郎は首をひねった。思いあたる者がいなかったのだ。

「お侍が、四人だよ。……名前は、まだ聞いてないけど、旦那の家にきた若いお侍もいたよ」

お熊が言った。

「前園兄弟か」

源九郎は、何の用で来たのだろう、と思った。

「旦那、あっしらは、どうしやす」

孫六が訊いた。

「用があったら、呼びに行くので、ひとまず家に帰ってくれ。……そうだ、菅井がいたら、わしのところへ来るように言ってくれんか」

源九郎は、四人の武士が田上藩士なら、菅井といっしょに話を聞こうと思ったのだ。

「承知しやした」

孫六と平太は、足早に菅井の家の方にむかった。

源九郎が家の戸口の前まで来ると、腰高障子越しに話し声が聞こえた。

菅井の声がした。話しているのは、高野らしい。

……なんだ、菅井はここにいるではないか。

源九郎は、腰高障子をあけた。

座敷には、五人の武士が座していた。菅井、高野、前園兄弟、それに三十がらみと思われる厳《いか》つい面構《つらがま》えをした武士である。

「おお、華町、待っていたぞ」

菅井が声を上げた。

「すまぬ、留守中、勝手に上がり込んで……」

高野の顔に、当惑の色があった。前園兄弟と三十がらみの武士の顔にも戸惑うような表情がある。

「いや、おれがな、四人を座敷に上げたのだ。……いつ帰ってくるか分からんのに、戸口に立たせておくわけにはいかんだろう」

菅井が言った。

「気にすることはない。遠慮するような家ではないからな」

源九郎は腰の大小を鞘《さや》ごと抜くと、座敷のあいているところに腰を下ろし、

「湯が沸いてないので、茶も出せんな」

と、男たちに目をやって言った。

「かまわんでくれ。……今日は、華町どのに話があって、来たのだ」

高野は脇に座っている三十がらみの武士に目をむけ、

「国許から来た浅見甚三郎《あさみじんざぶろう》だ」

と、紹介した。

「浅見甚三郎でござる。華町どののことは、高野さまから聞いております」

浅見は源九郎に頭を下げた。

……遣い手かもしれない。

と、源九郎はみてとった。

浅見は肩幅がひろく、厚い胸をしていた。武芸の修行で鍛えた体である。それに、座っている姿にも隙がなかった。

「華町源九郎でござる。見たとおりの牢人暮らしでして……」

源九郎が照れたような顔をして言った。

「浅見は、目付でな。前園どのの配下で、鳴瀬川の普請にかかわる不正を探っていたひとりだ」

高野が言った。

「前園さまを襲った利根山たちを捕らえ、話を聞くために出府いたしました」

「浅見は、一刀流《いっとうりゅう》をよく遣う」

高野によると、浅見は家臣のなかでも名の知れた遣い手だという。

「高野どの、藩邸内で何か動きがあったのかな」

源九郎が声をあらためて訊いた。浅見を紹介するために、わざわざ連れてきたとは思えなかった。

「実は、前園兄弟が藩邸を出た後、利根山たちに跡を尾《つ》けられてな。また、襲われそうになったのだ。……おりよく、供を連れた旗本の一行が近くを通りかかり、ことなきを得たが、このままでは敵討ちどころか、藩邸を出ることもままならぬ」

高野の顔がけわしくなった。

「厄介《やっかい》だな」

相手は、遣い手が七人もいるのだ。逆に、前園兄弟が襲われてもおかしくはない。

「兄弟が襲われたことが殿のお耳にも入り、ふたりは藩邸内にいるより、華町どのたちのそばにいさせてもらった方がよい、と仰《おお》せられたのだ」

「わしらのそばにいるだと」

源九郎が聞き直した。

「まことに勝手な言い分だが、しばらく、前園兄弟をこの長屋に住まわせてはもらえまいか。利根山たちの行方を探すにも、この長屋の方が何かと都合がいいし……」

「し、しかし……。長屋は、無防備だ」

利根山たちに知れたら、長屋にいるときに襲われかねない、と源九郎は思った。

「殿は、藩を継がれる前、この長屋におられ、華町どのたちの助勢を得て刺客たちと闘ったことを思い出されたようだ。それで、藩の屋敷にいるより、安心できると仰せられたのだ」

「たしかに、青山さまは長屋にいたが……」

源九郎は、相手がちがう、と思った。此度《こたび》は、七人もの遣い手が敵なのだ。

「それに、浅見もいっしょにいてもらうつもりだ」

高野が浅見に目をやった。

「それがしも、お世話になります」

浅見が源九郎に頭を下げると、脇に座していた誠一郎が、

「重ね重ね、長屋の方たちには、ご迷惑をおかけします」

と言って、兄弟で低頭した。

「うむ……」

大家の伝兵衛に話せば、あいている部屋へ前園たち三人を住まわせることはできるだろうが、利根山たち七人から前園兄弟を守るのはむずかしい。

源九郎が躊躇《ちゆうちよ》していると、

「華町、かえっていいかもしれんぞ。おれたちは、利根山たちを探しているが、向こうから姿を見せれば、手間がはぶける。それに、浅見どのや兄弟がくわわれば、利根山たちにも太刀打ちできるではないか」

菅井が言った。

「利根山たちの動きによっては、さらに腕のたつ者を長屋に来させるつもりだ」

と、高野が言い添えた。

「いいだろう。明日にも、大家に話してみよう」

利根山たち七人を探すときに、襲われるよりいいかもしれない、と源九郎は思った。

「かたじけない。……それに、殿からの言伝《ことづて》がありましてな」

高野が、声をやわらげて言った。

「青山さまから言伝が」

源九郎は、八万石の藩主を京四郎とは呼べないので、菅井と同じように青山さまと呼ぶようになっていた。

「さよう。……ちかいうちに、そこもとたちとお会いになりたいそうだ。……段取りはこちらで決めるが、会ってはいただけまいか」

高野が訊いた。

「お会いしよう」

源九郎も、藩主になった青山と会ってみたかった。

すると、菅井が、

「青山さまは、将棋の腕を上げたかな」

とつぶやいた。

青山が京四郎を名乗って長屋にいたころ、菅井は青山と将棋を指すのを楽しみにしていたのだ。

五

高野たちが源九郎の家に来た四日後だった。高野が、前園兄弟と浅見を連れて

ふたたび、はぐれ長屋に姿を見せた。今日から、前園兄弟と浅見は、はぐれ長屋

に寝泊まりすることになったのだ。

前園兄弟と浅見は、ちいさな風呂敷包みをひとつずつ持っているだけだった。

藩士たちの目を引かぬよう、別の藩士が町宿に住むという名目で、中間たちに前

園たちの荷を昨日のうちに長屋に運ばせておいたのである。

前園たちの住む家は、菅井の住む棟のはずれの部屋だった。一月ほど前、ぼて

ふりだった男が長屋を出て、空き部屋になっていたところに入ったのである。

茂次や孫六たちにも手伝ってもらい、前園たち三人の住む部屋の掃除が終わ

り、一段落したところに、お熊やおまつなど、長屋の女房連中が姿を見せた。

「茶を淹《い》れたから、飲んでおくれ」

お熊が男たちに言った。

お熊たちは、集まっていた男たちの人数分の湯飲みと、急須、湯の入った鉄瓶《てつびん》などを持っていた。それに、茶請けのつもりなのだろう。丼《どんぶり》や皿に入れた煮染やたくわんなども手にしていた。

「すまないなァ」

源九郎が礼を言った。

「女たちの手がいるようなら、言っておくれ」

お熊は茶道具を上がり框《がまち》に並べながら、座敷にいる前園兄弟や浅見にちらちら目をやっている。

他の女房連中もそうだった。どうやら、女房たちは茶を出しがてら、新しい住人の顔を見るのが目的だったらしい。前園たちが武士ということもあって、女房連中も気になっていたのだろう。

「茶を、いただこうか」

源九郎が男たちに声をかけた。

男たちは茶を飲みながら、長屋や近所のことなどを話していたが、お熊たちが

出ていくと、

「殿からな、明後日、華町どのたちに会いたいという話があったのだが、どうかな」

高野が切り出した。

「わしらはいつでもいいが、場所は？」

源九郎が訊いた。

「殿は、藩邸では堅苦しいので、お忍びで会いたいようだ。……七軒町《しちけんちょう》の美浜《みはま》屋《や》という料理屋でな」

高野が声をひそめて言った。

七軒町は、田上藩の上屋敷のある愛宕下に近い増上寺の門前に位置していた。料理屋や料理茶屋などもある賑やかな町である。美浜屋は、青山が京四郎という名で風来坊のように遊び歩いていたとき、馴染《なじ》みにしていた料理屋かもしれない。

「それは、ありがたい」

源九郎は、堅苦しい藩邸より、料理屋の方がよかった。菅井も、そうだろう。

「華町どのと菅井どののおふたりで、お願いしたいが」

「承知した」

すぐに、菅井が言った。

それから、源九郎は、はぐれ長屋の者たちで、利根山たちの居所を探ったが、まだつかめていないことを話し、

「ちと、気になることを耳にしたのだがな」

と、声をひそめて言った。

「気になるとは」

高野が訊いた。

その場にいた前園兄弟と浅見も、源九郎に目をむけた。

「わしらの思い過ごしかもしれんが、はたして利根山たち七人は、国許で捕らえられるのを恐れて江戸に逃げてきたのであろうか。……腑《ふ》に落ちないことがあってな」

源九郎が言った。

「腑に落ちないとは」

「七人もでまとまって出奔したこともそうだし、藩邸から出る兄弟を尾けて襲ったこともそうだ。……七人は、討っ手を恐れていないような気がしてな」

「そうかもしれん」

高野の顔が曇った。

そのとき、源九郎と高野のやり取りを聞いていた菅井が、

「おれも、気になることを耳にしたぞ」

と言って、高野に目をむけた。

「何かな」

「家中の噂らしいが、利根山たちは、江戸にいる重臣の命を狙って出奔したらしい、と口にする者がいたのだ」

菅井は、滝守の名を出さなかった。

「……確かに、家中にはそのような噂もある」

高野は否定しなかった。

「そうであれば、七人は刺客ということになるな」

菅井が低い声で言った。

「うむ……」

高野の顔に憂慮の翳《かげ》が浮いた。前園兄弟と浅見の顔にも、困惑の色がある。

「利根山たちは、だれの命を狙っているのだ」

源九郎が高野に訊いた。

「それが、分からんのだ」

「分からないのか」

菅井が聞き返した。

「ご家老の蔵西浅之助《くらにしあさのすけ》さまか、仲篠八兵衛《なかしのやへえ》さま。……いや、このわしかもしれん」

蔵西は江戸家老で、仲篠は年寄《としより》だった。年寄は家老に準じる要職で、他藩の次席家老や中老にあたる。田上藩でも、年寄と呼ばずに中老と呼ぶこともあった。

「なぜ、ご家老や年寄の命を狙うのだ」

源九郎は、それなりの理由があるだろうと思った。

「それもいまのところは……」

高野は言葉を濁した。理由がはっきりしないか、言いたくないかである。

「七人のうちのだれかを捕らえて、口を割らせればいい。だれを狙っているかは、すぐに分かるはずだ」

菅井が、つぶやくような声で言った。

六

源九郎は、菅井がちいさな風呂敷包みを懐に入れるのを見て、

「菅井、何を持っていく気だ」

と、訊いた。

源九郎と菅井は、これから七軒町の美浜屋へ行くところだった。今日は、青山と会う日である。

ふたりは羽織袴姿で、二刀を帯びていた。源九郎は髭をあたり、髷《まげ》も結いなおしていたが、菅井は長い総髪のままである。

「将棋だよ」

菅井が言った。どうやら、将棋の駒の入っている小箱を風呂敷で包んだらしい。

「将棋だと。……まさか、青山さまと将棋を指す気ではあるまいな」

源九郎が呆《あき》れたような顔をして訊いた。

「そのつもりだ。……おれは、長屋にいるとき、青山さまに一局も勝っておらんのだぞ。今度会ったとき、何とか一度は勝ちたいと、ずっと思っていたのだ」

菅井が目をひからせて言った。

確かに、青山は将棋が強かった。菅井は青山と何度も指したが、相手にならなかったのである。

「青山さまは、八万石の大名の藩主だぞ。長屋にいた京四郎どのとは、ちがうのだ」

源九郎が、たしなめるように言った。

「分かっている」

「それに、ご家来も、同席されているはずだ。将棋などできるはずがなかろう」

「だが、せっかく会うのだからな」

菅井が不満そうな顔をした。

「ならば、こうしろ。……将棋ができるようだったら、美浜屋で借りればいい。料理屋なら、将棋の駒と盤ぐらいあるだろう」

「しかたがない。駒は置いていくか」

菅井は風呂敷包みを上がり框に置いた。

ふたりは、源九郎の家から路地木戸の方に足をむけた。六ツ半（午前七時）ごろだった。青山と会うのは、八ツ（午後二時）過ぎということになっていたが、七軒町は遠いので、早目に出ることにしたのである。

幸い風のない晴天だった。遠出するには、いい日和《ひより》である。源九郎たちは、長屋を出ると、竪川沿いの通りを経て両国橋を渡った。そして、奥州街道を日本橋へむかった。

日本橋から東海道を南にむかい、京橋を渡り、汐留川《しおどめ》にかかる芝口橋（新橋）まで来ると、浅見と三十がらみの痩身の武士が立っていた。

「華町どの、菅井どの、お待ちしておりました」

浅見が言った。どうやら、ふたりは源九郎たちを美浜屋に案内するために待っていたようだ。

東海道を南に歩きながら、痩身の武士が、山村助之丞《やまむらすけのじょう》、と名乗った。高野の配下の目付だという。浅見と山村は、美浜屋で青山や源九郎たちとは同席しないそうだ。浅見たちの座敷は別にとってあるのだろう。

源九郎たちは、陽が南天をまわってから美浜屋に着いた。九ツ半（午後一時）を過ぎていようか。

美浜屋のある通りは賑やかで、料理屋や料理茶屋などが多かった。美浜屋は二階建ての大きな店だった。戸口は洒落《しやれ》た格子戸で、脇につつじの植え込みと籬《まがき》、それに石灯籠《いしどうろう》が配置されていた。老舗《しにせ》らしい造りである。

源九郎たちが店に入ると、女将《おかみ》らしい年増《としま》が出迎え、

「お座敷は、お二階です」

と言って、源九郎と菅井を案内した。浅見と山村は、階段の前で別れた。

源九郎たちが案内されたのは、二階の奥の座敷だった。廊下の突き当たりで、他の座敷から隔離されている。上客用の座敷らしく、凝った造りだが華美ではなかった。風情があり落ち着いた感じがする。

高野の姿があった。先に来て待っていたようだ。すでに、座敷には座布団が並べられていた。都合六人らしい。正面の上座には、贅沢《ぜいたく》な作りの脇息《きょうそく》が用意されていた。そこが、京四郎の席であろう。

「遠路、ごくろうだったな。ここに、腰を下ろしてくれ」

高野が左手の座に手をむけた。そこに、座布団が二つ並べてあった。源九郎と菅井の座らしい。

源九郎は腰を下ろしてから、

「今日、青山さまの他に見えられるのは」

と、高野に訊いた。

「石垣《いしがき》さまと、丹沢《たんざわ》どのでござる」

石垣槙之助《まきのすけ》は留守居役《るすいやく》で、丹沢平右衛門《へいえもん》は側役だという。本来なら、江戸家老の蔵西か年寄の仲篠が同席するのだが、お忍びということもあり、今日は高野たち三人だけにしたそうだ。ただ、警護の者や陸尺《ろくしやく》などは何人も来るので、別部屋で待機することになっているという。

源九郎が高野とそんなやり取りをしていると、廊下を歩く足音がし、男の話し声が聞こえた。

「青山さまだ」

菅井は、声を聞いて青山と分かったらしい。

障子があいて、女将と武士が三人入ってきた。青山が従えてきたのは、ふたりの年配の武士だった。石垣と丹沢らしい。

青山は正面に座ると、

「華町、菅井、久し振りだな」

と、すぐに声をかけた。青山は長屋にいたころ、華町どの、菅井どのと呼んでいたが、さすがに敬称はつけず、呼び捨てにした。

青山は、羽織袴姿だった。上物らしいが、藩主らしい贅沢さはなかった。源九郎たちと会うために、あえて地味な身装《みなり》に変えたのかもしれない。

青山は二十四、五歳になったはずだが、顔付きは長屋にいたころとあまり変わらなかった。面長で端整な顔立ちをしている。その白皙《はくせき》には、八万石の藩主らしい気品が感じられた。

「青山さま、お久しゅうございます」

そう言って、源九郎が恭《うやうや》しく頭を下げた。

「華町、堅苦しい挨拶は抜きだ。……長屋で、世話になったころがなつかしいな」

青山が相好をくずして言った。

源九郎も、笑みを浮かべてうなずいた。

「青山さま、よかったら、一手、お相手を……」

菅井が、上目遣いに青山を見ながら言った。

「将棋か」

「まだ、青山さまには、一度も勝っていないので……」

菅井の声が、消え入りそうになった。

「そうだったかな。菅井には、なかなか勝てなかったような気がするが。……今日は無理だが。そのうち、屋敷でゆっくりやろう」

「しょ、承知しました」

菅井が、声をつまらせて言った。般若《はんにゃ》のような顔が、こわばっている。さすがに、菅井も、藩主の青山を目の前にして緊張したらしい。

そんなやり取りをしているところに、女将や女中たちが酒肴《しゅこう》の膳を運んできた。いっとき、源九郎たちは酒で喉を潤した後、

「長屋の者たちに、前園たちが世話になっているそうだな」

青山が声をあらためて言った。

「ふたりは、父親の敵討ちのために、江戸に来たと聞いております」

源九郎が言った。

「敵討ちだけならいいのだが、家中に不穏な動きがあるようなのだ。……高野、華町たちに隠すことはない。話してくれ」

青山が高野に命じた。

「はっ、……すでに、華町どのたちは感づいておられようが、利根山たち七人は、江戸にいる藩の重臣の命を狙っているらしいのだ。きゃつらは、江戸に逃げてきたのではなく、刺客とみていい」

この場で、高野は狙われている者の名も役職も口にしなかったが、その声には、怒りのひびきがあった。

「やはり、そうか」

源九郎は、利根山たちが刺客らしいことは、すでに知っていた。

高野につづいて、青山が言った。

「懸念されるのは、利根山たち七人が、何者かの命《めい》を受けて動いていることだ。そやつは、藩の政《まつりごと》にかかわっているひとりとみていいだろう。暗殺という卑劣な手段で、己の望みをかなえようとしているにちがいない」

青山の声にも、怒りのひびきがあった。白皙がかすかに朱に染まっている。

「まさか、青山さまが、狙われているのでは！」

思わず、源九郎の声が大きくなった。以前、青山が京四郎と呼ばれて長屋にいたころ、命を狙われたことを思い出したのだ。

「わたしではない」

青山がはっきりと言った。

「安堵《あんど》しました」

源九郎は、ほっとした。

「だれが、狙われているのか、分からないのか」

菅井がつぶやいた。

「長屋でもすこし話したが、江戸で政にかかわっている方と思われるが、だれを狙っているか、はっきりしないのだ」

と、高野。

「やはり、ひとり捕らえて口を割らせるしかないな」

菅井が言った。

「実は、前園兄弟と浅見が、華町どのたちの長屋に住めるようお願いしたのは、兄弟の身を守ることの他に、もうひとつ理由《わけ》があるのだ」

高野が、源九郎と菅井に目をむけて言った。

「理由とは」

源九郎が訊いた。

「前園兄弟が、伝兵衛長屋に身を隠していることは、いずれ利根山たちの知るところとなろう」

「そうだな」

源九郎も、隠すのは、むずかしいと思っていた。前園兄弟は、長屋にこもっているわけではなかった。利根山たちの居所を探すために出歩くし、高野や浅見など田上藩の者が長屋に出入りしているのだ。

「利根山たちが長屋を探りにきたら、跡を尾けて隠れ家を探すつもりなのだ。……それで、ひそかに、目付筋の者を町人に化けさせ、長屋に潜伏させておきたい」

高野が低い声で言った。双眸《そうぼう》が鋭いひかりをはなっている。

「囮《おとり》か！」

思わず、源九郎の声が大きくなった。

「これは、前園兄弟が敵の居所を早くつきとめるためでもある」

「承知したが、高野どの、藩士をわざわざ長屋に住まわせなくとも、わしらの仲間でやってもいいぞ」

源九郎が言うと、

「高野、伝兵衛店には、剣の腕だけでなく、尾行や張り込みに長《た》けた者たちがいるのだ。まかせておけばいい」

青山が口をはさんだ。

「殿の仰せのとおり、華町どのたちにお任せします」

高野が言った。

それで、利根山たちにかかわる話は一段落し、後は青山が長屋にいたころの話になった。

青山たちは、一刻（二時間）ほど飲み、白皙がほんのり朱に染まってきたころ、

「華町、菅井、頼むぞ」

青山が、声をかけて腰を上げた。

そして、青山は源九郎と菅井に目をやり、

「また、長屋に寄らせてもらうかもしれん。そのときは、よろしくな」

と小声で言い置き、石垣と丹沢を従えて座敷を後にした。

第三章　襲　撃

一

「とっつァん、妙な二本差しがいるぜ」

茂次が、脇にいる孫六に言った。

ふたりは、はぐれ長屋の路地木戸の脇にいた。そこから、長屋を見張っている者がいないか、路地に目をやっていたのである。

路地沿いにある舂米屋《つきごめや》の脇に、網代笠《あじろがさ》をかぶったふたりの武士がいた。黒羽織の袴姿で、二刀を帯びている。江戸勤番の軽格の藩士か御家人といった感じである。

ふたりの武士は、路地を通るぼてふりや長屋の女房らしい女などに声をかけて、何やら訊《き》いていた。

「長屋のことを探ってるんじゃァねえか」

孫六が、目をひからせて言った。

茂次と孫六は、源九郎から、長屋を探っている者がいたら、知らせるか跡を尾《つ》けるかしてくれ、と頼まれていたのだ。

「まちげえねえ。やつら、長屋を見張ってるぜ」

「茂次、どうする。華町の旦那に知らせるか」

「おれが、行ってくる」

そう言って、茂次が踵《きびす》を返したとき、

「待て、茂次」

孫六が茂次の肩をつかんだ。

「見ろ、やつら、ここを離れるぜ」

ふたりの武士は舂米屋の脇から路地に出ると、竪川の方へ足をむけた。

「尾けるぜ」

孫六が言った。

「よし」

ふたりは、路地に出た。前を行くふたりの武士から半町ほど間を取り、跡を尾けていく。尾行は巧みだった。家の脇や物陰に身を隠したりしなかった。通行人を装い、ふたりで話しながら歩いていく。

おそらく、ふたりの武士が振り返っても、孫六たちの姿は路地を行き交う通行人のなかに紛れ、目にとまらないだろう。

前を行くふたりは、竪川沿いの通りに出た。そして、一ツ目橋を渡り、大川沿いの通りを川下にむかった。

「やつら、どこへ行く気かな」

茂次が小声で言った。

「新大橋か、永代橋の近くかもしれねえ」

孫六は、源九郎と林町で聞き込んだとき、八百屋の親爺から、利根山たちの住《すみ》処《か》が大川にかかる橋のたもと近くらしいことを耳にしていたのだ。

「新大橋じゃァねえな」

前を行くふたりの武士は、新大橋のたもとを通り過ぎ、小名木川にかかる万年橋を渡った。そのまま、川沿いの道を川下にむかって歩いていく。

「永代橋の近くかな」

孫六がつぶやいた。

風のない静かな夕暮れ時だった。夕陽が日本橋の家並のむこうに沈みかけ、大川の川面《かわも》を淡い茜色に染めていた。客を乗せた猪牙舟《ちょきぶね》、屋形船、荷を積んだ茶船などがゆったりと行き来している。

ふたりの武士は背後を振り返ることもなく、足早に川下にむかって歩いていく。ふたりは、仙台堀にかかる上ノ橋を渡り、深川佐賀町に入った。

前方に永代橋が迫ってきたとき、ふたりの武士は左手にまがった。路地に入ったらしい。

「とっつァん、走るぜ」

茂次が走りだした。ふたりの武士が、見えなくなったからだ。

「茂次、先に行け」

孫六は走らなかった。左足がすこし不自由なので、走るのは苦手である。

孫六が路地の入り口まで行くと、そこで待っていた茂次が、

「とっつァん、あそこだ」

と言って、路地の先を指差した。

半町ほど先に、ふたりの武士の姿があった。借家ふうの仕舞屋《しもたや》の前である。ふ

たりはかぶっていた網代笠をとると、家の引き戸をあけてなかに入った。

「やつらの塒《ねぐら》だ！　やっとつかんだぜ」

孫六が昂《たかぶ》った声で言った。

「近付いてみるか」

茂次が路地を歩きだし、孫六がつづいた。

そこは、小体《こてい》な店、長屋、借家ふうの仕舞屋などのつづく路地で、ぽつぽつと人影もあった。ぼてふり、風呂敷包みを背負った行商人、子供連れの母親、遊びから帰る子供などが、通り過ぎていく。

茂次と孫六は、通行人を装って仕舞屋に近付いた。戸口の前まで行くと、男の声が聞こえた。何か話している。武家言葉だった。さきほど入ったふたりであろう。

茂次と孫六は、家の前を通り過ぎてから路傍に足をとめた。

「どうする」

茂次が訊いた。

「探ってみようぜ」

孫六が目をひからせて言った。腕利きの岡っ引きらしい目付きである。

「近所で、聞き込んでみるか」

茂次と孫六は、すぐにその場を離れた。

ふたりは、路地沿いを歩き、話の聞けそうな店に立ち寄ったり、近所の住人らしい男をつかまえたりして、仕舞屋に入ったふたりの武士のことを訊いた。その結果、ふたりの武士の名は、志茂川重信と松《まつ》尾《お》永《えい》之助《のすけ》で、松尾は前から住んでいたが、志茂川はまだ越してきたばかりだと知れた。ただ、身分は分からない。ふたりとも、牢人ではないようだ。幕臣か江戸勤番の藩士かもしれない。

孫六と茂次は、はぐれ長屋にもどると、すぐに源九郎の家に立ち寄り、志茂川と松尾の跡を尾けたことやその住処をつかんだことなどを話した。

「志茂川は、利根山たちの仲間だぞ」

源九郎が声を大きくして言った。

源九郎は、高野から志茂川の名を聞いていた。林町の借家に身を隠していたのは、利根山と渡辺だが、志茂川も仲間である。

「七人のうちのひとりか」

茂次が目をひからせた。

「それで、松尾は？」

孫六が訊いた。

「松尾は何者か知らぬが、浅見どのに訊けば分かるかもしれんな」

すぐに、源九郎は、孫六と茂次を連れて浅見と前園兄弟の住む家にむかった。

三人は部屋で、茶を飲んでいた。自分たちで、湯を沸かして淹《い》れたらしい。

「長屋を探っていた武士がいたようだ」

そう前置きし、源九郎は、孫六たちが長屋の様子を探っていたふたりの跡を尾け、住処をつかんだことを話した。

「ふたりの名が、分かりますか」

すぐに、浅見が訊いた。

「志茂川重信と、松尾永之助でさァ」

孫六が答えた。

「志茂川は、七人のうちのひとりだ」

浅見の声には昂ったひびきがあった。

「松尾は分かるか」

源九郎が訊いた。知りたいのは、松尾のことである。

「いえ、松尾の名は聞いていません。江戸詰の者なら分かるかもしれない」

浅見は江戸に出てきたばかりなので、江戸勤番の藩士の名は、あまり知らないという。

源九郎は前園兄弟にも訊いてみたが、やはり知らなかった。

「いずれにしろ、志茂川を捕らえて吐かせれば、他の六人の居所も知れるな」

源九郎は、志茂川を捕らえるのが早道だと思った。

「はい」

「浅見どの、明日にも高野どのと連絡をとってくれんか」

源九郎は、高野の考えを聞いてから手を打とうと思った。

「承知しました」

浅見が顔をひきしめて言った。

二

翌日の午後、源九郎の家に六人の男が集まった。源九郎、菅井、茂次、孫六、浅見、それに高野である。

前園兄弟は、長屋の家で待機していた。三太郎と平太は、長屋の路地木戸の脇に身を隠し、路地に目を配っている。

源九郎が志茂川の居所が知れたことを話すと、

「さすが、華町どのだ。やることが早い」

高野が感心したように言った。

「いや、わしではない。つきとめたのは、ここにいる茂次と孫六だ」

慌てて、源九郎が言った。

「ふたりには、町方もかなわんだろうな」

高野が茂次と孫六を褒《ほ》めると、

「てえしたことじゃァねえ」

そう言って、孫六は胸を張ったが、茂次は口許に薄笑いを浮かべただけである。

「志茂川といっしょにいた男は、松尾永之助という名だ」

源九郎が言った。

「松尾……」

高野は虚空に目をとめて記憶をたどっていたが、

「書役《かきやく》の者かもしれん。たしか、松尾は、藩邸ではなく町宿《ちようしゆく》だったはずだ」

高野によると、田上藩の書役は祐筆《ゆうひつ》の配下で、家老、年寄、留守居役などの書類を代筆したり、ときには使い役もするという。

「すると、志茂川が、松尾の町宿に同居するようになったわけだな」

「そうみていい」

「松尾と志茂川のかかわりは？」

源九郎が訊いた。

「わしにも、分からん」

「いずれにしろ、松尾も捕らえて話を訊いたらどうだ。その方が早い」

菅井が言った。

「高野どの、どうするな」

源九郎が訊いた。

「菅井どのの言うとおりだ。……ふたりを、捕らえよう」

高野は、捕り手として藩から浅見と前園兄弟、それに山村もくわえると話した。

「わしらも行く」

源九郎は、それだけいれば十分だと思った。

「捕らえたふたりを、この長屋に連れてきたいのだが、どうかな。家中の者に、知れないように訊問《じんもん》したいのだ」

高野が言った。

「かまわんよ」

はぐれ長屋なら、捕らえたふたりを監禁しておいても、しばらくの間、田上藩士には知れないだろう。

「それで、いつやる」

菅井が訊いた。

「早い方がいい。明日の夕暮れ時は、どうだ」

暗くなれば、捕らえた志茂川たちを人目に触れずに長屋に連れてくることができる、と高野が言い添えた。

「そうしよう」

源九郎たちは、明日の暮れ六ツ（午後六時）ごろ、志茂川たちの住む借家を襲うことになった。

曇天だった。空が厚い雲におおわれている。源九郎、菅井、前園兄弟、浅見、山村、それに茂次の七人は、七ツ（午後四時）を過ぎてから、はぐれ長屋を出た。

孫六、平太、三太郎の三人は、昼前から佐賀町に出かけて、志茂川と松尾の住む借家を見張っていた。何かあれば、だれか知らせに長屋にもどるはずである。

「こっちでさァ」

案内役の茂次が先にたった。

源九郎たち七人は、大川端の道を川下にむかい、佐賀町にむかった。

仙台堀にかかる上ノ橋のたもとに、高野と山村が待っていた。歩きながら高野が、

「やはり、松尾の町宿らしい」

と小声で言った。高野は藩邸にもどって確かめたらしい。

源九郎たちが永代橋に近付いたとき、川沿いの道を走ってくる男の姿が見えた。平太である。何か知らせがあって、来たようだ。

「どうした、平太」

源九郎がすぐに訊いた。

「お、女が、ひとりいやす」

平太が声をつまらせて言った。

「女だと」

「は、はい、一刻（二時間）ほど前に……」

三十がらみと思われる町人の女が、志茂川たちの住む借家に入ったという。

「松尾が雇っている下働きではないかな。……夕餉《ゆうげ》の支度をしに来たのかもしれん」

高野が言った。

「ともかく、行ってみよう」

源九郎たちは、茂次と平太の先導で松尾と志茂川のいる借家にむかった。

大川沿いの道から路地に入ってすぐ、茂次が路傍に足をとめ、

「そこの家でさァ」

と言って、斜向《はす》かいにある仕舞屋を指差した。借家ふうの小体な家で脇が狭い空き地になっていた。雑草や笹などが繁茂している。

仕舞屋のすぐ前に、八百屋があった。路地には、ぽつぽつ人影がある。物売りや近所の住人たちらしい。

「孫六は」

源九郎が訊いた。

「あっしが、呼んできやす」

そう言い残し、平太が小走りに仕舞屋にむかった。すっとび平太と呼ばれるだけあって、動きが敏捷《びんしょう》である。

平太は、空き地の笹藪《ささやぶ》の陰にいた孫六を連れてもどってきた。

「どうだ、変わった様子はないか」

源九郎が孫六に訊いた。

「へい、志茂川と松尾は、一杯やってるようでさァ」

孫六によると、小半刻（三十分）ほど前、借家の脇まで行ってなかの様子を探ってみたという。すると、家のなかから、酒を飲んでいるような男の話し声が聞こえてきたそうだ。

「女がいるそうだな」

源九郎が念を押すように訊いた。

「下働きのようですぜ。裏手の台所に、いるんじゃァねえかな」

孫六は首をひねった。女の居所は、はっきりしないらしい。

源九郎たちは、女がいればいっしょに取り押さえ、長屋まで連れていくことにした。女からも何か聞き出せるし、そのままにしておくと、源九郎たちが志茂川たちを捕らえたことを、利根山たちに話すのではないか、と思ったのだ。

「そろそろだな」

源九郎が言った。

曇天のせいもあって、辺りは薄暗かった。笹藪の陰は、夕闇につつまれている。路地沿いの店も、表戸をしめていた。商いを終えたようだ。

源九郎たちは笹藪の陰から出ると、仕舞屋の戸口に足をむけた。

三

借家の戸口付近は、だいぶ暗かった。軒下になっているせいらしい。

表の戸口に集まったのは、源九郎、菅井、前園兄弟、高野、孫六、三太郎の七人だった。裏手には、浅見、山村、茂次の三人がまわっている。念のために、裏手もかためたのだ。平太はひとり路地に残っていた。逃走者がいれば、跡を尾けるのである。

戸口の引き戸が、しまっていた。

「あきやすぜ」

孫六が戸を引くと、すこしだけあいた。戸締まりはしてないらしい。

「あけてくれ」

源九郎が小声で言った。

「へい」

孫六が引き戸を大きくあけた。

すぐに、源九郎、菅井、高野の三人が踏み込み、前園兄弟と孫六がつづいた。

土間の先が、すぐ座敷になっていた。隅に行灯《あんどん》が点《とも》っている。そこに、ふたりの武士が胡座《あぐら》をかいていた。ふたりの前に、箱膳が置いてある。夕餉を終えて、茶を飲んでいたらしい。

「華町たちか！」

中背でがっちりした体軀の武士が叫び、すぐに脇に置いてあった大刀を手にした。もうひとりは目を瞠《みひら》き、凍りついたように身を硬くしている。

「志茂川、観念しろ！」

高野が声を上げた。

「おのれ！」

中背でがっちりした体軀の武士が立ち上がった。この男が、志茂川らしい。

志茂川は、座敷の隅に身を引いて抜刀した。闘う気のようだ。もうひとりの武士が、松尾らしい。松尾は躄《いざ》るように座敷の隅に逃れた。

「やるしかないようだ」

源九郎も刀を抜いた。

菅井は左手で刀の鯉口《こいぐち》を切り、右手を柄《つか》に添えた。居合の抜刀体勢をとったのである。

高野は刀を抜かなかったが、前園兄弟は抜刀した。ふたりの顔がこわばり、目がつり上がっている。志茂川を敵のひとりとみているのかもしれない。

志茂川は青眼に構え、切っ先を源九郎たちにむけた。腰を沈めて、低く構えている。遣い手らしく、隙のない構えだが、かすかに切っ先が震えていた。真剣勝負の気の昂りのせいである。

「いくぞ！」

源九郎は、刀身を峰に返した。志茂川を峰打ちで仕留め、生きたまま捕り押さえるためである。

源九郎は土間から座敷に上がった。すかさず、菅井がつづき、前園兄弟も座敷の隅から踏み込んだ。

源九郎は低い青眼に構え、志茂川に迫った。狭い座敷だったため、すぐに斬撃の間境を越えた。

イヤアッ！

突如、志茂川が甲走《かんばし》った気合を発して斬り込んできた。

振りかぶりざま、真っ向へ——。

すかさず、源九郎は掬《すく》うように刀を撥《は》ね上げ、峰で志茂川の刀身をはじいた。

ガキッ、と金属音がひびき、志茂川の刀身が撥ね上がった拍子に、上半身が伸びた。この一瞬の隙を、源九郎がとらえた。

タアッ！

鋭い気合を発し、刀身を横一文字に払った。神速の太刀《たち》捌《さば》きである。

ドスッ、というにぶい音がし、志茂川の上半身が前にかしいだ。源九郎の峰打ちが、志茂川の腹を強打したのだ。

志茂川は前によろめき、足がとまると、両膝を折ってその場に蹲《うずくま》った。刀を取り落とし、両手で腹を押さえて苦しげな呻《うめ》き声を上げた。顔を苦痛にゆがめ、体を顫《ふる》わせている。

源九郎は志茂川の首筋に切っ先をむけ、

「孫六、縄をかけてくれ」

と、声をかけた。

「へい！」

孫六はすぐに座敷に上がり、懐から細引を取り出した。そして、志茂川の両手を後ろにとって、早縄をかけた。長年、岡っ引きをやっていただけあって手際がいい。

このとき、菅井は居合の抜刀体勢をとったまま、松尾に身を寄せていた。松尾は刀の柄に手を添えて座敷の隅に立っていたが、まだ刀を抜いていなかった。ひき攣《つ》ったような顔をして、激しく身を震わせている。

「よ、よせ！」

松尾が声を震わせて言った。

「刀から手を放せ」

菅井が言うと、松尾は刀を鞘《さや》ごと足元に落とした。闘う気はないようだ。

すかさず、菅井は松尾に近付いて足元の刀を拾い上げた。そこへ、高野と前園兄弟が近付き、用意した細引で松尾を縛った。

高野は縄をかけられた松尾と志茂川に目をやってから、

「裏手を見てくる」

と言い置き、座敷の脇の狭い廊下から裏手にまわった。

いっときすると、高野が裏手にまわった浅見たちを連れてもどってきた。浅見たちは、三十がらみの痩せぎすの女を連れていた。女は後ろ手に縛られ、紙のように蒼《あお》ざめた顔で顫えている。

「下働きのお松《まつ》です。台所にいたので捕らえました」

浅見が言った。

「手筈《てはず》どおり、三人とも取り押さえることができたな」

高野が、ほっとした顔をした。

「お、おれたちを、どうする気だ」

松尾が声を震わせて訊いた。

志茂川は、苦しげに顔をゆがめたまま押し黙っている。

「どうするか、おぬし次第だな」

そう言うと、高野は、三人に猿轡《さるぐつわ》をかませるよう指示した。これから、はぐれ長屋に連れて行くまで、騒がれては面倒である。

孫六、茂次、浅見の三人が、用意した手ぬぐいで手早く志茂川たちに猿轡をかませた。

源九郎は引き戸の外が夜陰につつまれているのを目にし、

「長屋にもどるぞ」

と、男たちに声をかけた。

四

源九郎たちは、まずお松から訊問することにした。お松は、隠さずに話すとみたのである。

花園兄弟と浅見が暮らす長屋の部屋に、お松を連れ込んだ。座敷には、お松、源九郎、高野、浅見、山村、それに前園兄弟の姿があった。

松尾と志茂川は、菅井の家に閉じ込めてあった。菅井と孫六が、松尾たちといっしょにいるはずである。茂次たちは、それぞれの家に帰っていた。志茂川たちの訊問は、源九郎や高野たちだけで十分だった。

部屋の隅に置かれた行灯に、お松や源九郎たちの姿が浮かび上がっていた。お松は、蒼ざめた顔で、身を顫わせている。

お松は、まったく隠す気がないようだった。高野や源九郎たちに訊かれるままに答えた。ただ、お松はたいしたことは知らなかった。

お松の話によると、志茂川は松尾の家に、一月ほど前からいっしょに住むようになったという。志茂川は出歩くことが多く、あまり家にはいなかったそうだ。

「志茂川と松尾は、客を連れてこなかったか」

高野が訊いた。

「はい、お武家さまを連れてきて、話していることがありました」

お松が答えた。

「その武士の名は分かるか」

「三、四人、みえましたけど……。たしか、利根山さまと、寺山さま……。後の方の名は覚えていません」

お松は首をひねりながら言った。

「利根山と寺山か。……やはり、利根山たちが、出入りしていたようだ」

高野が顔をけわしくして言った。

それから、高野の他に源九郎と浅見も、利根山たちのことを訊いたが、お松は首をひねるばかりだった。

お松につづいて、志茂川を座敷に連れてきた。志茂川は顔をこわばらせていたが、双眸《そうぼう》には挑むようなひかりが宿っていた。

まず、志茂川の前に立ったのは浅見である。

「志茂川、おぬしが利根山たちと、前園さまの下城時を襲って殺害したことは、分かっている」

浅見が語気を強くして言った。

「……！」

志茂川は無言だった。顔には恐怖の色もあったが、睨《にら》むように浅見を見つめている。

「おぬしたちは、前園さまに、何か恨みでもあったのか」

浅見が訊いた。

「恨みなどない」

志茂川が答えた。

「では、なぜ、前園さまを襲ったのだ」

「……知らぬ」

志茂川が顎《あご》を突き出すようにして答えた。ふてぶてしい態度である。

すると、志茂川の脇に立っていた弟の里之助が、いきなり刀を抜き、

「志茂川、父の敵！」

と叫びざま、志茂川に斬りつけようとした。

「待て！」

源九郎が里之助の腕をとってとめた。

「は、華町さま、お放しください！……し、志茂川は、父を殺したひとりです」

里之助は怒りに声を震わせて叫んだ。目がつり上がり、顔から血の気が引いている。志茂川を目の前にして、激しい怒りが衝《つ》き上げてきたらしい。

「だが、志茂川をここで斬ったら、利根山たちを逃がすことになるぞ。それでも、いいのか」

源九郎が言うと、兄の誠一郎が、

「里之助！　早まるな」

と、窘《たしな》めるように言った。

「は、はい……」

里之助は身を顫わせながら刀を下ろした。

「志茂川、話さねば、ここで前園兄弟に父の敵のひとりとして、討ち取ってもらうぞ」

浅見が語気を強くして言った。志茂川を見つめた浅見の顔にも、強い怒りの色があった。

「……！」

志茂川の顔から血の気が失《う》せ、高野にむけられた視線が揺れた。

「なぜ、前園さまを斬ったのだ」

「と、利根山どのに、頼まれて襲撃にくわわったが、おれは前園さまに手をかけていない……」

志茂川が、声を震わせて言った。

「手をかけていないと」

「おれは、見張り役だった」

「では、父を斬ったのは、だれだ！」

誠一郎が、語気を強くして訊いた。前園兄弟も、七人のなかで父に直接手をかけたのは、だれか知りたかったようだ。ふたりか三人か分からないが、その者たちが父の敵ということになろう。

「し、知らぬ。おれは、見張り役なので、離れていた」

志茂川が言った。

「うぬ……」

誠一郎は顔をしかめ、志茂川を睨みつけた。

浅見と誠一郎が口をつぐんだとき、

「おぬし、利根山と、どのようなかかわりがあるのだ」

山村が訊いた。

「同じ迅剛流一門だ」

志茂川は、利根山の弟弟子にあたるという。門弟だったころから、利根山の世話になっていて、話があったとき、断れなかったそうだ。

「利根山は、なぜ前園さまを襲ったのだ。おぬしも、何か話を聞いているだろう」

「……利根山どのは、恩のある方に頼まれたと言っていた。……それに、徒士《かち》頭《がしら》に栄進させる約束もあるようだ」

志茂川が小声で言った。

「徒士頭だと」

山村は、驚いたような顔をした。徒士組小頭から徒士頭となると、大変な出世である。

そのとき、脇で聞いていた高野が、

「恩のある方とは、だれだ」

と、鋭い声で訊いた。

「わ、分からないが、藩の重職にある方とか……」

「普請奉行の重倉か！　それとも、郡代の桑原か」

高野が畳みかけるように訊いた。

「おれは、名を聞いてない」

志茂川が、はっきりした声で言った。嘘ではないようだ。

「うむ……」

高野はいっとき黙考していたが、

「うぬら七人は、江戸に逃げてきたわけではあるまい」

と、声をあらためて訊いた。

「……」

志茂川が戸惑うような顔をした。

「うぬら七人は前園さまと同じように、江戸詰の重臣のだれかを暗殺するために出奔したのであろう」

高野が訊いた。

志茂川は答えず、身を硬くして高野に目をむけている。

「だれの命を狙っている！」

高野は語気を鋭くして訊いた。

「……」

志茂川は、口をひらかなかった。身を硬くしたまま高野に目をむけている。

「ご家老の蔵西さまか、それとも年寄の仲篠さまか」

「ご、ご家老と、聞いている……」

志茂川が声を震わせて言った。

「蔵西さまか──」

高野の顔が、さらにけわしくなった。

次に口をひらく者がなく、座敷は重苦しい沈黙につつまれたが、

「ご家老の暗殺は、だれに頼まれた」

と、高野が志茂川を見据えて訊いた。

「お、おれは、聞いていない。……利根山どのが、指図されたようだ」

「指図したのは、江戸勤番の者か」

「それも、知らない」

「江戸には、利根山たちに味方する者が、何人かいるのではないか」

「いるようだが、おれが知っているのは、松尾どのだけだ」

「うむ……」

それだけ訊くと、高野は口をつぐんだ。

高野につづいて、源九郎が志茂川に利根山たち六人の隠れ家を訊いた。

だが、志茂川は、永井稔次郎と八尾登之助の隠れ家しか知らなかった。ふたりは、南八丁堀の中ノ橋近くの借家にいるという。中ノ橋は、八丁堀にかかる橋である。

源九郎たちは、志茂川につづいて松尾を訊問することにした。源九郎たちの前に連れてこられた松尾は、不安と恐怖に身を顫わせていた。

当初、松尾は高野の訊問に答えようとしなかったが、志茂川が口を割ったことを知ると、隠さずに話すようになった。

高野が訊いた。

「松尾、なぜ志茂川を匿《かくま》ったのだ」

「末松伝次郎《すえまつでんじろう》さまに、頼まれたのだ」

「末松というと、祐筆か」

祐筆は、藩主や重臣の命《めい》を受けて諸書を吟味したり書いたりする役で、書役を支配している。

「そうです」

「ならば、末松に訊いてみるか」

高野がつぶやくような声で言った。

それから、源九郎が、利根山たちの隠れ家を訊いたが、松尾は知らなかった。

「今日は、これまでだな」

源九郎が言った。

戸口の腰高障子が、白んでいた。夜が明けたらしい。はぐれ長屋のあちこちから、腰高障子をあけしめする音や赤子の泣き声などが聞こえてきた。長屋の住人たちが、動き出したのである。

五

「華町の旦那、起きてやすか」

戸口から、茂次の声が聞こえた。

源九郎は目を覚まし、土間に目をやった。茂次と平太が立っている。ふたりの背後に、晩春の強い陽が射し込んでいた。四ツ（午前十時）を過ぎているのかもしれない。

「どうした、茂次……」

源九郎は眠い目を擦りながら、身を起こした。

源九郎は、高野たちと志茂川、松尾、お松の三人を吟味した後の明け方、自分の家に帰って眠ったのだが、まだ寝足りなかった。頭が重いし、体はだるかった。

「平太、おめえから話してくれ」

茂次が平太に目をやって言った。

「ちょいと前《めえ》に、うろんな二本差しを見かけたんでさァ」

平太によると、長屋の路地木戸から出ようとしたとき、路地の半町ほど先に立っている羽織袴姿の武士を見かけたという。

その武士は長屋の方に目をむけ、様子を窺《うかが》っているようだった。そこへ、おかねが通りかかると、武士はおかねをつかまえて、何か訊いていたという。おかねは四十がらみ、長屋に住む手間賃稼ぎの大工の女房である。

「あっしは、おかねが長屋にもどるのを待って、訊いてみたんで」

「おかねは、何と言った」

源九郎が訊いた。

「昨夜《ゆうべ》、長屋に二本差しがふたり、連れてこられなかったか、訊かれたそうでさア」

「利根山たちだ！」

思わず、源九郎の声が大きくなった。

おそらく、利根山たちは、昨夜のうちに松尾の借家に行き、松尾と志茂川が連れ去られたことに気付いたにちがいない。それで、長屋を探りにきたのだ。

……それにしても、早い！

と、源九郎は思った。利根山たちの仲間の隠れ家が、松尾の住んでいた借家の近くにあるのかもしれない。

「それで、おかねは、何と答えたのだ」

源九郎が訊いた。

「お侍はいるけど、昨夜のことは知らない、と答えたそうで」

「うむ……」

おかねは、正直に答えたようだ。

「旦那、利根山たちは、志茂川たちが長屋にいることに気付いたかも知れやせんぜ」

茂次が低い声で言った。

「そうだな」

「面倒なことになりそうだ」

茂次が顔をけわしくした。

「おかねが訊かれたのは、それだけか」

源九郎が声をあらためて訊いた。

「前園さまたちの家を訊かれ、奥の家にいると教えたそうでさァ」

「利根山たちは、前園兄弟の居場所も知ったか」

源九郎は、利根山たちが長屋に何か仕掛けてくるような気がした。

「旦那、どうしやす」

茂次が訊いた。

「茂次、孫六にも話してな、路地木戸で、見張ってくれ。……それで、うろんな武士を見かけたら、わしに知らせるのだ」

「承知しやした」

茂次は、すぐに平太を連れて孫六の家の方へむかった。

源九郎は座敷にもどると、ひろげたままになっている夜具を畳み、枕屏風《まくらびようぶ》の陰に押しやった。そして、はだけた小袖の襟元をなおし、皺《しわ》だらけの袴をたたいて伸ばした。明け方、面倒なので、小袖に袴のまま寝てしまったのだ。

源九郎は戸口から出ると、小走りに菅井の家にむかった。まず、菅井と高野に事情を話してから、前園兄弟たちのいる家へ行くつもりだった。

菅井の家には、高野もいるはずだった。明け方、高野は、横になってすこし仮眠してから、藩邸にもどる、と話していた。前園兄弟の部屋には、捕らえた志茂川たち三人を監禁していたので狭かった。それで、高野は菅井の部屋を借りることにしたようだ。

菅井の家の腰高障子をあけると、菅井と高野が戸口の近くに腰を下ろして茶を飲んでいた。几帳面《きちようめん》な菅井は、高野のために湯を沸かして、茶を淹《い》れたのだろう。ふたりとも、いっとき仮眠しただけらしい。眠そうな目をしている。

「華町、どうした」

菅井が訊いた。

「休んでは、いられないぞ」

源九郎が、土間に立ったまま言った。

「何かあったのか」

高野が、源九郎に訊いた。

「利根山たちが、この長屋を探っていたようだ」

「なに！　利根山たちが」

高野が驚いたような顔をした。

源九郎は、茂次から聞いたことをかいつまんで話した。

「利根山たちは、志茂川たちが長屋にいると、気付いたかな」

菅井が言った。

「気付いたとみていいな」

「きゃつら、どんな手を打ってくるとみる」

高野が訊いた。

「長屋を襲うのではないかな」

源九郎が、顔をひきしめて言った。

「いつだ」

菅井が身を乗り出して訊いた。

「今日か、明日か。……そう間を置かずに、長屋に踏み込んでくるとみていい」

おそらく、利根山たちは、志茂川の吟味で自分たちのことが、高野たち目付筋の者に知れたとみるだろう。源九郎や高野たちが動き出す前に、始末をつけたいと考えるはずである。

「どうする？」

菅井の顔にも、緊張の色があった。

「逃げるか、迎え撃つしかないな。……ただ、わしらが逃げれば、長屋の者にどんな仕打ちをするかわからんぞ」

長屋に火を放つようなことはするまいが、住人を痛め付けて、源九郎たちの行き先を吐かせようとするだろう。

「華町、迎え撃とう」

菅井が目をつり上げて言った。

「わしも、ここに残って闘う」

高野が言った。

「ともかく、長屋の者たちに知らせねばなるまい」

源九郎は、長屋の住人たちが巻き添えを食わないよう、手を打つつもりだった。

「菅井、路地木戸のところに、茂次たちがいる。呼んできてくれんか。おれは、孫六を連れてくる」

「よし」

菅井は、すぐに路地木戸に走った。

六

男たちが、菅井の家の座敷に集まった。源九郎たち長屋の者が六人、それに高野、浅見、山村の三人である。前園兄弟は自分たちの家にいて、監禁している志茂川たちに目を配っていた。

源九郎は、利根山たちの仲間と見られる武士が、長屋を探っていたことを話してから、

「今日、明日のうちに、長屋を襲うかもしれぬ」

と、男たちに言った。

浅見や孫六たちに、緊張がはしった。敵は遣い手が六人である。六人に長屋を襲われれば、何人も殺されるとみたのであろう。

「それで、すぐに手を打ちたいのだ」

源九郎が言うと、いっせいに男たちの視線が集まった。

「利根山たちが襲うとすれば、暗くなり、長屋の者が家にいるころだろう。利根山たちは、長屋の者が騒ぎだすと面倒だと、思うはずだ」

「おれも、そうみる」

菅井が言った。

「いずれにしろ、孫六たちは長屋をまわり、うろんな者たちが長屋に押し入ってきたら、騒ぎ立てずに家に籠《こも》っているよう、話してくれ。……長屋の者たちに怪我をさせたくないからな」

「承知しやした」

孫六が言った。

「それから、利根山たちが逃げたら、跡を尾けてくれ。隠れ家をつかむ、いい機会だ」

「合点でさァ」

茂次が応えると、三太郎たちがうなずいた。

「わしら七人は二か所に分かれ、利根山たちを迎え撃ちたいが、どうかな」

源九郎が、高野たちに策を話した。

七人は、源九郎、菅井、高野、浅見、山村、それに、前園兄弟である。二か所とは、路地木戸に近い源九郎の家と、前園兄弟が志茂川たちを監禁している長屋の奥の家のことだった。

「わしと菅井、それに高野どのは、利根山たちがわしの家の前を通り過ぎるのを待って、背後から仕掛ける。一方、浅見どのたちは、前から攻める。……長屋の路地は狭い。利根山たちは動きがとれなくなるはずだ」

「挟み撃ちか！」

菅井が声を上げた。

「どうかな、この策で」

「上策だ」

高野が感心したように言った。

「旦那、あっしらはどうしやす」

孫六が訊いた。

「孫六たちは路地木戸で見張り、利根山たちを目にしたら、すぐに知らせてくれ」

「合点でさァ」

茂次が声を上げた。


暮れ六ツ（午後六時）の鐘の音が聞こえてきた。上空はまだ明るかったが、はぐれ長屋の軒下や樹陰などには、淡い夕闇が忍び寄っている。

はぐれ長屋は、騒がしかった。あちこちから、亭主のがなり声や母親の子供を叱る声、赤子の泣き声などが聞こえてくる。ただ、家の外にいる人影はすくなかった。ちょうど、夕めし時で、長屋の住人たちの多くが家にいるのだ。

茂次と平太は路地木戸の脇に身を隠し、路地に目をやっていた。

「茂次兄い、利根山たちは来やすかね」

平太が、小声で言った。

「華町の旦那は、今日か明日と、みてたぜ」

「明日かな……」

そう言って、平太があらためて路地の先に目をやった。

武士の姿が見えた。ふたりだった。足早に近付いてくる。ふたりは小袖にたっつけ袴で、網代笠をかぶっていた。

「茂次兄い、来やしたぜ！」

平太がうわずった声で言った。

「やつらだ！」

「で、でも、ふたりだけだ」

平太が声をつまらせて言った。

「後ろからも来るぜ」

ふたりの武士の背後に、別の武士の姿が見えた。やはり、ふたりである。

「その後ろにもいる！」

平太が言った。

路地の遠方に、さらにふたりの武士の姿がちいさく見えた。都合、六人である。

「まちげえねえ、利根山たちだ。やつら、目立たねえように、ふたりずつ分かれて来たんだ」

前のふたりの武士が、路傍に足をとめた。後続の四人をその場で待つつもりらしい。

「平太、華町の旦那に知らせろ！」

六人の武士は、利根山たちにちがいない。

「兄いは？」

「おれは、井戸端の近くに隠れている」

利根山たちが逃げたら、跡を尾ける、と茂次が言い添えた。

「あっしも、跡を尾けやすぜ」

「ともかく、平太は華町の旦那に知らせろ」

「へい！」

すぐに、平太は反転して走りだした。

迅《はや》い！　平太は、走るのが速かった。急を要する伝令役には、最適である。

平太は、源九郎の家に駆け込み、

「だ、旦那、来やす！」

と、声を上げた。

「利根山たちか」

「笠をかぶったやつが、六人。長屋にむかってきやす」

「平太、浅見どのたちにも知らせろ」

「合点だ！」

平太は源九郎の家から飛び出し、奥の浅見たちのいる家へ走った。

七

「高野どの、来るぞ」

源九郎が、座敷にいる高野に言った。

「何人だ」

高野が訊いた。

「六人らしい」

菅井が答えた。菅井も土間にいて、源九郎と平太のやり取りを聞いていたのだ。

高野は、大小を腰に差して土間に下りてきた。すでに、袴の股だちをとり、襷《たすき》で両袖を絞っている。源九郎と菅井も襷こそしてなかったが、刀を腰に差し、袴の股だちをとっていた。

「まだ、見えんな」

源九郎が小声で言った。腰高障子の破れ目から外を覗《のぞ》いている。

「来たぞ！」

菅井が言った。菅井も源九郎の脇で外を覗いていたのだ。

淡い夕闇のなかに、いくつもの人影が見えた。六人いる。いずれも、小袖にたっつけ袴で二刀を帯びている。網代笠はかぶっていなかった。長屋に踏み込む前に、捨ててきたのだろう。

六人の武士は、源九郎たちのいる家の方に小走りにやってくる。六人は、いずれも殺気だっていた。

高野が、源九郎の脇に立って障子の破れ目から外を覗き、

「先頭にいる男が、利根山だな」

と、声をひそめて言った。

六人の先頭にいる武士は、大柄だった。眉《まゆ》が濃く、眼光の鋭い男である。源九郎はその男に見覚えがあった。大川端で前園兄弟を助けたとき、他の三人の武士に指図していた男である。

利根山につづいて、五人の武士が小走りに源九郎の家に近付いてきた。源九郎は、何人か見覚えがあった。利根山とともに、前園兄弟を襲った男が混じっている。

利根山たち六人は、源九郎の家の前を足早に通り過ぎた。前園兄弟たちのいる

家へむかうようだ。

六人の姿が十間ほど遠ざかったとき、源九郎が腰高障子をあけた。

「後を追うぞ」

先に、源九郎が外に出た。

菅井と高野がつづき、足音をたてないように利根山たち六人の後を追った。利根山たちは、背後から来る源九郎たちに気付かなかった。忍び足のせいだろう。それに、長屋は人声や物音があちこちから聞こえ、源九郎たちの足音を消してくれたのだ。

利根山たちが、前園たちの家のある棟の角まで来たとき、

「走るぞ！」

源九郎が声をかけた。

利根山たちが、足をとめて振り返った。後ろから疾走してくる源九郎たちに気付いたようだ。

「華町たちだ！」

六人のしんがりにいた小太りの武士が叫んだ。

源九郎たちは、走りながら左手で刀の鯉口を切り、右手で刀の柄を握った。

「利根山！　命はもらったぞ」

菅井が大声で叫んだ。声を上げて、前園たちに利根山たちが来たことを知らせたのである。

利根山たち六人は、すこし間をとってから次々に抜刀した。六人の手にした刀身が、夕闇のなかに銀蛇《ぎんだ》のようにひかっている。

「斬れ！」

利根山が叫んだ。

利根山の前にいた三人の武士が、源九郎たちに切っ先をむけた。だが、後ろにいる利根山たちは前に出られない。路地が狭く、ひろがれないのである。

源九郎たちは、切っ先をむけている三人から四間ほどの間合をとって足をとめた。源九郎と高野が抜刀し、菅井は居合の抜刀体勢をとった。

そのとき、利根山たちの背後で、足音がした。浅見、山村、前園兄弟の四人の姿が見えた。走ってくる。すでに、四人は抜き身を手にしていた。夕闇のなかに、四人の手にした刀身が銀色《しろがねいろ》に浮かび上がっている。

「挟み撃ちだ！」

長身の武士が叫んだ。この男は、渡辺である。

利根山が慌てた様子で、背後を振り返り、

「この場は、引け！」

と、声を上げた。そこは狭い路地なので、挟み撃ちに遭《あ》ったら皆殺しになるとみたのだろう。

「華町たちを、突破しろ！」

渡辺が叫んだ。

源九郎たちに切っ先をむけていた三人は、必死の形相で間合をつめてきた。その背後から、利根山たちも源九郎たちに迫ってくる。

イヤアッ！

いきなり、菅井が裂帛《れっぱく》の気合を発し、摺《す》り足で小太りの男に急迫した。居合腰に沈め、抜刀の気配を見せている。

小太りの武士の顔が恐怖にゆがんだ。菅井が居合を遣うと察知したらしい。

菅井は、居合の抜刀の間境に踏み込むや否や抜きつけた。

シャッ！　と刀身の鞘走る音がし、閃光《せんこう》が逆袈裟《ぎゃくげさ》にはしった。

迅い！　居合の抜きつけの一刀である。

切っ先が、小太りの武士の脇腹から胸にかけて斬り裂いた。赤い傷口がひらき、肋骨《あばら》が白く浮き出た刹那《せつな》、血が激しく迸《ほとばし》り出た。

小太りの武士は、二、三歩斜によろめいた。高野が、つっ込んできた小太りの武士を避けようとして横に逃れた。

その動きで、隙間ができた。ふたりの武士と利根山が、その隙間に走り込んだ。逃げようとしたのである。

「逃さぬ！」

源九郎が、利根山の肩口に斬り込んだ。

サクッ、と利根山の小袖が裂けた。あらわになった肩先に、血の線が浮いた。

だが、浅手だった。皮肉をわずかに削がれただけである。

利根山は、足をとめなかった。小太りの武士の脇をすり抜けて走った。ふたりの武士がつづき、さらに渡辺と瘦身の武士が、源九郎と菅井の脇を擦り抜けた。

タアッ！

源九郎が、逃げる瘦身の武士の背後から斬りつけた。

だが、切っ先はとどかず、空を切って流れた。

瘦身の武士は、懸命に逃げた。利根山たちの後を追っていく。

八

「待て！」

　菅井が後を追った。高野と源九郎がつづく。

　利根山たち五人は、長屋の路地木戸の方へ走った。足は速い。後を追う菅井たち三人は、追いつくどころかすぐに間がひらいた。

「だ、駄目だ……」

　源九郎が苦しげな声を上げて足をとめた。歳のせいか、源九郎は走るのが苦手だった。ゼイゼイと荒い息を吐いている。

　菅井と高野も、追うのをあきらめて足をとめた。ふたりは、すぐに源九郎のところへもどってきた。

「……あ、後は、茂次たちにまかせよう」

　源九郎が、喘《あえ》ぎ声を上げながら言った。

　長屋から逃げる者がいれば、茂次たちが跡を尾け、行き先をつきとめることになっていた。孫六と三太郎も、この場に姿がないので、茂次たちといっしょに跡を尾けているはずである。

源九郎たち三人が、利根山たちと切っ先をまじえた場所に足をむけたとき、走ってくる浅見の姿が見えた。

浅見は高野のそばに走りよると、

「高野さま、寺山作之丞が、まだ生きています」

と、口早に言った。寺山は、菅井が斬撃をあびせた小太りの武士だという。

「寺山から、話を訊いてみよう」

高野が言った。

源九郎たち三人は、浅見の後につづいた。路地の隅で、寺山がへたり込んでいた。後ろから、山村が寺山の両肩をおさえて体を支えている。自分では、身を起こしていられないらしい。

寺山は、脇腹から胸にかけて血に染まっていた。腹のひらいた傷口から、臓腑《ぞうふ》が覗いている。顔は血の気が失せて紙のように蒼ざめ、体を顫わせていた。

高野は寺山の前に立つと、

「寺山、おぬしたちは、ご家老のお命を狙っているな」

と、すぐに訊いた。寺山の命は長くない、とみて、肝心なことから訊くつもりらしい。

「……」

寺山は無言だった。苦しげに顔をゆがめている。

「寺山、いまさら隠し立てすることはあるまい。利根山たちは、おぬしを見捨てて逃げたのだぞ」

「……」

寺山はうすく目をあけて高野を見たが、口をひらかなかった。体の顫えが激しくなっている。

「ご家老を斬るように命じたのは、だれだ」

高野が声を大きくして訊いた。

「す、末松どのから、話があった……」

寺山が、喘ぎながら言った。祐筆の末松伝次郎のことらしい。

「末松は、だれかの使いをしただけではないのか。……末松の背後にいて指図しているのは、何者だ」

高野には、祐筆の末松が此度《こたび》の件の首謀者とは思えなかったのだろう。

「え、江戸にいる方としか……」

そのとき、寺山は、グッと喉のつまったような呻き声を洩《も》らし、顎を突き出すようにした。次の瞬間、寺山の首が、がっくりと前に落ちた。

「死んだ……」

源九郎が低い声で言った。


その夜、源九郎の家に、五人の武士が集まった。源九郎、菅井、高野、浅見、山村である。

すでに、五ツ（午後八時）を過ぎていた。源九郎たちの顔には、濃い疲労の色が張り付いていた。無理もない。昨夜からろくに眠らず、夕刻に利根山たちと闘い、そのまま源九郎の家に集まったのだ。ただ、お熊やおまつが気をきかせて湯漬を作ってくれたので、空腹ではなかった。

源九郎は、高野たちに藩邸にもどって休むよう勧めたが、すでに遅くなったこともあって、

「跡を尾けた者たちがもどるのを待って、話を聞きたい」

と、高野が言い、今夜も長屋で過ごすことになったのである。

五ツ半（午後九時）ごろであろうか。長屋から聞こえていた話し声や物音が途絶え、家々から洩れる灯《ひ》もなくなったころ、まず孫六と三太郎が長屋に帰ってき

た。

源九郎は、孫六たちが座敷に腰を下ろすのを待って、

「孫六、何か知れたか」

と、訊いた。

「ひとりだけ、塒が知れやした」

孫六が言った。さすがに、孫六の顔にも疲労の色が濃かった。

「だれの塒だ」

「名は分からねえ。痩せた男で……」

孫六によると、長屋から逃げた五人を、孫六、茂次、平太、三太郎の四人で尾けたそうだ。

ところが、竪川にかかる一ツ目橋を渡ったところで、利根山たちは二手に分かれたという。利根山と長身の武士が、大川沿いの道を川下にむかい、他の三人は竪川沿いの道を東にむかった。

「あっしと三太郎は、東にむかった三人を尾けたんでさァ」

茂次と平太が、利根山たちふたりを尾けたという。

三人の武士は、二ツ目橋のたもとまで来ると、右手におれ、深川方面にむかっ

た。そして、北森下町《きたもりしたまち》に入ってすぐ、三人はまた二手に分かれた。瘦身の武士は、そのまま深川方面にむかい、他のふたりは左手の路地に入ったという。

孫六と三太郎は、二手に分かれて別々に尾けようと思ったが、ふたりの武士が入った左手の路地は狭い上に暗く、近付かないと尾行できなかった。それで、孫六は三太郎とふたりで瘦身の武士を尾けたそうだ。

「あっしらが尾けた二本差しは、北森下町の古い家に入《へえ》りやした」

孫六が言った。小体な借家ふうの仕舞屋で、だいぶ古いらしく軒が朽ちて垂れ下がっていたという。

「それだけ見て、帰《けえ》ってきやした。明日、近所で聞き込んで、探ってみやすよ」

孫六が言うと、三太郎がうなずいた。

孫六たちが話を終え、一息ついたとき、茂次と平太が帰ってきた。

ふたりは、源九郎たちのいる座敷に腰を下ろすと、

「すまねえ。利根山たちに撒《ま》かれちまった」

茂次が、すまなそうな顔をして言った。

利根山と長身の武士は大川沿いの道を南にむかい、深川佐賀町に入って間もなく、左手の路地に入ったという。

茂次たちは、暗い路地を足を忍ばせて利根山たちの跡を尾けた。利根山たちは佐賀町をしばらく歩いてから、今度は右手に折れた。そこに、細い路地があったという。

茂次たちも右手の路地に入ったが、利根山たちの姿はなかった。路地を半町ほど行くと四辻になっていて、どちらかにまがったとみられたが、どの路地も深い闇につつまれていたので、尾けるのを断念したという。

「やつらの塒は四辻の近くだと、睨んでるんですがね。明日にも出直して、探ってみやすよ」

茂次が言った。

「……みんなよくやった。今夜は、ゆっくり休もう。ともかく、体の疲れをとってからだ」

源九郎が、男たちに視線をまわして言った。

第四章　罠

一

八ツ半（午後三時）ごろ、源九郎が茶を淹《い》れて飲んでいると、戸口に近付いてくる足音がした。ふたりらしい。

「華町の旦那、いやすか」

障子の向こうで、孫六の声がした。

「いるぞ」

源九郎が声をかけると、腰高障子があいて、孫六と三太郎が顔を出した。

「旦那、知れやしたぜ」

孫六が得意そうな顔をして言った。

「そうか。……ともかく、腰を下ろしてくれ」

孫六と三太郎は、朝から深川北森下町に行き、痩身の武士が入った仕舞屋《しもたや》の近くで聞き込みをしていたのだ。

源九郎はふたりが上がり框《がまち》に腰を下ろすと、

「どうだ、茶を飲むか」

と、訊《き》いた。鉄瓶《てつびん》には、湯が沸いていた。

「旦那に、茶を淹れてもらうなんて……。初めてじゃァねえかな」

孫六が、薄笑いを浮かべて言った。三太郎も、口許に笑みを浮かべている。

「何を言う。わしだって、茶ぐらい淹れる。……それにな、わしの淹れた茶はうまいぞ。飲んでみろ」

源九郎は、急須で湯飲みに茶をつぎながら言った。

孫六は湯飲みの茶をすすると、

「うめえ茶だ。喉が渇いていたから、よけいうまい」

と、目を細めて言った。

源九郎は孫六と三太郎が茶をすすり、一息ついたのを見てから、

「探ったことを話してくれ」

と、声をあらためて言った。

「名は、永井稔次郎でさァ」

孫六が言った。

「永井か！」

高野から聞いていた七人のうちのひとりだった。国許にいるときは、郷士だったという。

「二月ほど前から、その借家に住むようになったそうで」

「独り暮らしか」

「独りのようですぜ。借家には、下働きの男が出入りしているようですがね」

「さて、どうするか……。浅見どのたちに、相談してみるかな」

源九郎は、長屋にいる前園兄弟と浅見に相談してみようと思った。

「孫六たちもいっしょに来てくれ」

源九郎は、腰を上げた。

途中、源九郎たちは菅井の家に立ち寄った。菅井も同行しようと思ったのである。

菅井は、将棋盤を前にして座っていた。駒が並べてある。独りで、将棋の手を考えていたらしい。

「おお、華町、いいところに来たな」

菅井が、声を上げた。

「菅井、将棋どころではないぞ。孫六たちが、永井の居所をつかんできたのだ」

源九郎は内心、この男は、将棋しか関心がないようだ、と思ったが、そのことは口にしなかった。

「それで？」

菅井が、源九郎に目をむけて訊いた。

「これから、浅見どのたちと、どうするか相談するのだ。将棋など指している暇はないぞ」

源九郎がはっきり言った。

「仕方ないな」

菅井は、将棋盤はそのままにして立ち上がった。

前園兄弟と浅見は、家の前で木刀の素振りをしていた。前園兄弟は、思いつめたような顔をしていた。ふたりの胸の内には、何としても父の敵を討ちたい、という強い思いがあるのだろう。

源九郎たちは、座敷に腰を下ろした。監禁していた志茂川、松尾、お松の三人の姿はなかった。いつまでも、三人を長屋で監禁しておくことはできなかった。それで、高野が長屋の住人たちに配慮し、お松は解き放ち、志茂川と松尾は配下の目付の住む町宿《ちようしゆく》で監禁することにして、連れていったのだ。高野によると、志茂川たちから此度《こたび》の事件にかかわる口上書《こうじようがき》をとりたいという。

源九郎は浅見たちと対座すると、

「孫六たちが、永井の居所をつかんだようだ」

そう前置きし、永井が深川北森下町の借家にいることを話した。

「それで、どうするな。志茂川のように、捕らえて話を訊く手もあるが」

源九郎が訊いた。

「永井は郷士でして、志茂川より事情は知らないかもしれません」

浅見が言った。

「面倒だ。斬ってしまおう」

菅井が口をはさんだ。

「ともかく、高野さまに話してみます。明日まで、待ってもらえませんか。これから、すぐに藩邸にむかいます」

そう言って、浅見は腰を浮かせた。

「明日まで、待とう」

源九郎が言った。

愛宕下は遠方なので、いまから出かけても藩邸に着くのは、暗くなってしまう。帰るのは、明日になるだろう。

源九郎、菅井、孫六、三太郎の四人は、前園たちの家から出た。

「華町、明日まで、暇があるな」

菅井が、ニヤニヤしながら言った。

「将棋か」

菅井の魂胆は読めていた。

「そうだ。こういうことになると、読んでな。将棋盤も、駒も座敷に置いたままにしてある」

「うむ……」

源九郎は返答のしようがなかった。

「旦那、あっしらは家に帰《けえ》って、一休みしやすぜ」

孫六が言うと、三太郎もうなずいた。ふたりとも、将棋には関心がないようだ。

「おれと華町は、将棋だ！」

菅井が嬉しそうに言った。

二

翌日の昼ごろ、浅見が源九郎の家に立ち寄った。藩邸から、もどったらしい。

浅見は上がり框に腰を下ろすと、すぐに言った。

「高野さまの指図を聞いてきました」

「高野どのは、どう言っておられた」

「いまは、永井を斬らずに、しばらく泳がせておいてくれ、とのことでした。いま、高野さまは配下の者に、祐筆《ゆうひつ》の末松の動きを探らせているようです。……高野さまは、末松の背後に、利根山たちに指図している黒幕がいるとみておられるようです」

「それで」

「いま永井を斬ると、黒幕は警戒して動きをとめ、発覚を恐れて末松を始末するかもしれません。それに、利根山たちが、隠れ家を変える恐れもあります」

「うむ……」

源九郎も、いま永井を斬らずに隠れ家を見張り、外出時に尾行すれば、利根山たちの隠れ家をつきとめられるのではないかと思った。

「高野どのの仰《おお》せのとおりかもしれん。……ただ、ひとつ懸念がある」

源九郎が、声をあらためて言った。

「利根山たちは、ご家老の命を狙っているようだが、わしらが様子を見ている間に、襲撃するかもしれんぞ。……ご家老の命が奪われてしまえば、その後、黒幕が知れてもどうにもなるまい」

「高野さまも、同じことを仰せられていました。高野さまは、末松の動きを探るのは四、五日だけで、これといった動きがなければ、末松を捕らえて訊問《じんもん》するそうです」

「四、五日だな」

高野たちが末松を捕らえた後なら、源九郎たちが永井を斬ることもできる。

「はい」

「承知した。……その間、孫六たちに永井を見張らせておこう」

源九郎は浅見とともに家を出ると、まず、茂次の家に行き、菅井や孫六たちを集めてくれと話した。

「承知しやした」

茂次が家から出ようとすると、

「それに、酒があったら、それもいっしょにな」

源九郎が言い添えた。


その日の夕暮れ時、源九郎の家に六人の男が集まった。はぐれ長屋に住む菅井や茂次たちである。

源九郎や菅井たちの膝先には、それぞれが持参した酒の入った貧乏徳利、肴《さかな》にする煮染《にしめ》や漬物などが入った皿や小鉢なども置かれていた。

「一杯、やりながら話そう」

そう言って、源九郎が隣に腰を下ろした孫六の湯飲みに酒をついでやった。

源九郎たち六人は、近くに腰を下ろした者と酒を注ぎ合い、いっとき飲んでから、

「高野どのから話があってな」

源九郎がそう切り出し、浅見から聞いた話をかいつまんで伝えた。

「しばらく、様子をみろってことですかい」

　孫六が訊いた。酒気で、顔が赤くなっている。

「まァ、そうだが、四、五日だけだ。その間、手分けして永井を見張り、家を出たら跡を尾《つ》けてもらいたい。……何とか、利根山たちの隠れ家をつかみたいのだ」

　源九郎が言うと、黙って話を聞いていた菅井が、

「おれも、やろう。このところ、長屋にいるだけだからな」

と、湯飲みを手にしたまま言った。

「わしもやる」

　源九郎も、このところ長屋に籠《こも》っていることが多かった。

「六人で、手分けしてやりやしょう」

　孫六が声を上げた。

　翌日の午後、源九郎は孫六とふたりで、永井の住む北森下町の借家にむかった。昼頃まで借家を見張った茂次と平太から、引き継いだのである。

　源九郎たちが見張っている間、永井にこれといった動きはなかった。暮れ六ツ（午後六時）前、永井は借家を出て近くの一膳めし屋に入ったが、半刻（一時

間）ほどして店から出ると、そのまま借家にもどった。夕めしを食いに出かけただけらしい。

「変わった動きはないな」

源九郎と孫六は、路地が夜陰につつまれたころ借家の前から離れた。

それから四日間、源九郎たちは交替で永井の住む借家を見張り、家を出ると跡を尾けた。その間、一度だけ、永井は家を出て遠出をした。

菅井と三太郎が、張り込んでいるときだった。永井は昼前に借家を出て、京橋のたもと近くにあった笹盛《ささもり》という老舗《しにせ》のそば屋に入った。

店に入るときは、ひとりだったが、出るときはふたりだった。羽織袴姿の武士が、永井といっしょに店から出てきたのである。

「ここで待ち合わせたか」

と菅井は思い、三太郎とふたりで、そば屋の店先で別れたもうひとりの武士の跡を尾けた。

その武士は、愛宕下にある田上藩の上屋敷に入った。後で分かったのだが、その武士が、祐筆の末松であった。

一方、末松も藩邸にいることが多いようだった。利根山たちと接したのは、笹盛で永井と会ったときぐらいらしい。末松も警戒しているようだ。

源九郎たちが永井の見張りを始めて五日目、高野が山村を連れてはぐれ長屋に姿を見せた。

高野は源九郎と対座すると、

「末松に目を配っていたが、これといった動きはないのだ。……此度の件の首謀者とは、藩邸内で密会しているのであろう。なかなか尻尾《しっぽ》をつかませぬ」

と、渋い顔をして言った。

「永井もそうだ。……一度、そば屋で末松と会っただけだ」

「このまま末松を泳がせておいても、埒《らち》が明かぬ。それに、懸念があるのだ」

高野が言った。

「懸念とは」

「ちかごろ、藩邸を窺《うかが》っている者がいてな。どうやら、ご家老の動きを探っているようなのだ」

高野によると、藩士の何人かが、上屋敷近くで、網代笠《あじろがさ》で顔を隠したうろんな武士を見かけたという。その武士は、近くの物陰から上屋敷の表門に目をやっていたそうだ。

「いつ、ご家老が襲われるか分からないのだ」

高野が、顔をけわしくして言った。

「うむ……」

まずい、と源九郎も思った。江戸家老が襲われて落命してからでは、利根山たちを討っても手遅れである。

「ご家老が利根山たちに襲われ、殺害されるようなことにでもなれば、田上藩の恥であるばかりか、藩内が乱れるだろう。……田上藩の危機といってもいい。殿も、ご懸念され、早く利根山たちを討ち取るよう、仰せられたのだ」

高野が言った。

「それで？」

源九郎は、高野がどのような手を打つつもりでいるのか聞きたかった。

「すこし強引だが、末松を捕らえて訊問するつもりだ」

高野が語気を強めて言った。

「ならば、わしらは永井を捕らえようか」

「そうしてくれ」

「同じ日に、動いた方がいいな」

源九郎が言った。

「いかさま……。どうだ、明日は」

高野の双眸《そうぼう》が刺すようなひかりを宿している。

「承知した」

源九郎の顔も、いつになくけわしかった。

三

「孫六、永井はいるな」

源九郎が念を押すように訊いた。

そこは、永井の住む借家の斜向《はす》かいだった。狭い空き地の隅に、笹藪《ささやぶ》があった。その笹藪の陰に源九郎たちは身を隠し、借家に目をやっていたのだ。

源九郎と菅井は、まだこの場に来たばかりだった。昼ごろから見張っていた孫六に、永井がいるか確認したのである。

「いやすよ」

孫六が答えた。

「ひとりか」

「半刻（一時間）ほど前《めえ》、下働きの男が家を出やしてね。いまは、永井ひとりのはずでさァ」

「都合がいいな」

源九郎は西の空に目をやった。

夕陽が西の家並の向こうに沈みかけていた。まだ、上空は明るかったが、小半刻（三十分）もすれば、暮れ六ツ（午後六時）の鐘が鳴るのではあるまいか。源九郎たちは、暮れ六ツの鐘が鳴った後、借家に踏み込むことにしていたのだ。

笹藪の陰には、源九郎、菅井、孫六、茂次の四人、それに前園兄弟がいた。前園兄弟は、源九郎たちが永井を捕らえに行くと知ると、

「われら兄弟も、連れていってください」

と、兄の誠一郎が強く訴えた。前園兄弟は、永井も父の敵のひとりとみていた。何とか、永井を討ちたかったのだろう。

「討つのは、永井から話を聞いてからにしてくれ」

源九郎が言うと、兄弟は承知したので、連れてきたのである。

それからいっときして、遠方から暮れ六ツの鐘の音が聞こえてきた。路地の人影はすくなくなり、路地沿いの店は商いを終えて表戸をしめ始めた。

「そろそろだな」

源九郎たちは、闘いの支度を始めた。支度といっても、源九郎と菅井は、袴の股だちをとるだけである。前園兄弟は股だちをとり、襷《たすき》で両袖を絞った。相手はひとりだが、迅剛流一門と聞いていたので、用心のためである。

「いくぞ！」

源九郎が声をかけ、源九郎たちは笹藪の陰から路地に出た。

仕舞屋の表戸は、しまっていた。源九郎たちが、表戸に身を寄せると、物音がした。瀬戸物の触れ合うようなかすかな音である。

「旦那、あけやすぜ」

茂次が小声で言い、表戸をあけた。戸締まりはしてなかったようだ。

源九郎につづいて、菅井と前園兄弟が踏み込んだ。

狭い土間の先に座敷があった。そこで、小袖に袴姿の永井が、酒を飲んでいた。膝先に貧乏徳利が置いてあり、手に湯飲みを持っている。

「華町たちか！」

叫びざま、永井は手にした湯飲みを、いきなり源九郎にむかって投げつけた。

源九郎が腰をかがめてかわすと、湯飲みは背後の粗壁《あらかべ》に当たって砕け、かけらと酒が飛び散った。

「永井、観念しろ！」

すぐに、菅井が抜刀し、刀身を峰に返して脇構えにとった。峰に返したのは、永井を峰打ちで仕留めて生け捕りにするためである。菅井は居合の抜刀の呼吸で、脇構えから斬り込むこともできた。

源九郎も刀を抜き、すぐに刀身を峰に返した。前園兄弟は、すぐに刀を抜かなかった。刀の柄《つか》を右手で握り、永井を睨《にら》むように見すえている。

「おのれ！」

永井は、すばやく座敷の隅に置いてあった大刀を手にして抜きはなった。源九郎たちと闘うつもりらしい。

永井の刀身が小刻みに震えていた。真剣で斬り合う恐怖と気の昂《たかぶ》りのためであろう。その刀身が、薄闇のなかで青白い光芒《こうぼう》のようにひかっている。

菅井が、座敷に踏み込んだ。つづいて、源九郎も上がり框から座敷に上がった。

菅井と永井の間合は狭く、すぐに一足一刀の斬撃の間境のなかに入った。

タアリャッ！

永井が甲走《かんばし》った気合を発し、正面にいた菅井に斬り込んだ。振りかぶりざま真っ向へ。捨て身の攻撃といっていい。

刹那《せつな》、菅井は左手に踏み込みざま、脇構えから逆袈裟《ぎゃくげさ》に斬り上げた。

真っ向と逆袈裟――。

ふたりの刀身が弾き合い、甲高い金属音がひびき、青火が散った。

次の瞬間、永井の刀身が撥《は》ね上がった。だが、永井は刀を放さなかった。体勢がくずれたが、足を踏ん張って反転すると、八相に振り上げた。菅井に斬り込もうとしている。

刹那、脇にいた源九郎の体が躍動した。鋭い気合とともに、刀身が永井にむかって袈裟に振り下ろされた。一瞬の太刀《たち》捌《さば》きである。

すかさず、永井も体をひねりながら源九郎にむかって袈裟に斬り下ろした。

袈裟と袈裟――。

ふたりの刀身が眼前で合致し、撥ね返った。次の瞬間、永井が後ろによろめいた。体をひねっての斬撃だったので、膂力《りょりょく》がこもらず、しかも腰が据わっていなかったので、源九郎の斬撃に押されたのである。

この一瞬の隙を源九郎がとらえた。

イヤアッ！

源九郎が鋭い気合を発し、刀身を横一文字に払った。

ドスッ、というにぶい音がし、永井の上体が横にかしいだ。源九郎の峰打ちが、永井の脇腹を強打したのだ。

永井は刀を取り落とし、脇腹を両手で押さえてうずくまった。苦しげな呻《うめ》き声を洩《も》らしている。源九郎の一撃が肋骨《あばら》を砕いたのかもしれない。

源九郎が、切っ先を永井の首筋にむけ、

「永井を縛ってくれ」

と、戸口に入ってきた孫六に声をかけた。

「へい」

孫六が座敷に上がり、永井の両腕を後ろにとって細引をかけようとした。

そのとき、永井は横に倒れるようにして、孫六の手を振りほどき、落ちていた自分の刀をつかんだ。

永井は獣の唸《うな》るような声を上げ、源九郎に斬りつけようとした。

咄嗟《とっさ》に、源九郎は手にした刀を斬り下ろした。

切っ先が、永井の肩口に食い込んだ。肩が割れ、赤くひらいた傷口から、截断《せつだん》された鎖骨が白く覗《のぞ》いた。次の瞬間、傷口から血が激しく奔騰《ほんとう》した。

「しまった！」

思わず、源九郎が声を上げた。永井を斬ってしまったのだ。

永井は血を撒《ま》き散らせながら、座敷にへたり込んだ。体中、血塗《ちまみ》れである。

「永井、利根山はどこにいる」

菅井が、永井の脇に来て大声で訊いた。永井が絶命する前に、聞き出そうとしたらしい。

「……さ、佐賀町……」

永井が声を震わせて言った。

そのとき、土間から永井の背後に踏み込んできた誠一郎が、

「父を斬ったのは、だれだ！　永井、おまえか！」

と、顔を永井の耳元に寄せて叫んだ。

「と、利根山どの……」

「利根山ひとりか！」

「わ、渡辺どのと、ふたりで……」

永井が声を震わせて言ったとき、急に全身から力が抜け、ガックリと首が前に

垂れた。肩口から流れ出た血が畳に流れ落ち、永井のまわりに赤くひろがっている。

「里之助、父の敵は、利根山と渡辺だぞ」

誠一郎が、声高に言った。

「はい」

里之助は兄の脇に立って、虚空を睨むように見つめている。

四

源九郎が永井を斬った二日後、源九郎、菅井、前園兄弟の四人は、日本橋伊勢《いせ》町《ちょう》にある高砂屋《たかさごや》という料理屋に出かけた。浅見は長屋に残っている。

高野から、源九郎と高砂屋で会いたいという知らせがあったのだ。その際、菅井と前園兄弟も同行してほしいとのことであった。

これまで、高野ははぐれ長屋で源九郎たちと会っていたが、たまには料理屋で酒を飲みながら相談したい、という思いがあったのだろう。

案内された二階の座敷に、高野と山村、それに側用人の八代庄右衛門《やしろしょうえもん》の姿があった。八代は初老だった。長身瘦軀《ちょうしんそうく》で妙に首が長く、喉仏が突き出ている。

源九郎たちが用意された座に腰を下ろすと、

「今日は、八代さまにも、来ていただいたのだ」

高野が言った。

「華町どののたちのことは、殿や高野から聞いている。田上藩のために、手を尽くしてくれているそうで、わしからも礼を言う」

八代が、細い声で言った。

「八代さまは、此度の件を殿とも相談されているので、今日はご家老に代わって来ていただいたのだ」

高野が言うと、

「いま、十分な警護をつけずに、ご家老が屋敷を出ることはできないのじゃ。それで、わしが来たわけだ」

八代が声をひそめて言った。源九郎たちにむけられた細い目に、能吏らしい鋭いひかりが宿っている。

「ところで、華町どののたちは、永井を斬ったそうだな」

高野が声をあらためて言った。

「永井が歯向かったため、やむなく」

源九郎は、すでに、浅見を通して永井を斬ったことを高野に伝えてあった。

「われらも、末松を捕らえた」

高野が言った。

「何か知れましたか」

高野たちは、末松を訊問したはずである。

「末松に、陰で指図している者が知れた」

高野が低い声で言った。

「知れたか！　それで、何者です」

源九郎が身を乗り出すようにして訊いた。その場に座していた男たちの視線が、いっせいに高野に集まった。

「年寄の仲篠八兵衛さま」

高野の双眸がひかった。

「年寄の仲篠！」

源九郎は息を呑んだ。大物である。源九郎は、高野から仲篠の名は聞いていたが、会ったことはなかった。

高野によると、仲篠が江戸詰の年寄になって、三年ほどしか経っていないという。田上藩の年寄は他藩の中老にあたる重職で、江戸にひとり、国許にふたりいるそうだ。

「なにゆえ、年寄が」

源九郎が訊いた。

「まだ、はっきりしたことは分からないのだ。……ただ、仲篠は若いころ、迅剛流の道場に通ったことがあり、利根山たちとは同門のつながりがあるらしい」

高野は仲篠を呼び捨てにした。仲篠が、此度の件の黒幕と確信しているようだ。

そのとき、黙って聞いていた誠一郎が、

「仲篠が、利根山たちに父を襲うよう命じたのですか」

と、昂った声で訊いた。誠一郎も仲篠を呼び捨てにした。父を暗殺した黒幕とみたのであろう。

「そのことは、まだはっきりしない。末松も、なにゆえ利根山たちが前園どのを襲ったのか、知らないようだ」

「国許で、前園どのは重倉や桑原を探っていたそうだが、重倉たちと仲篠とはどのようなかかわりがあったのかな」

源九郎が訊いた。

「それも、分からない。末松は江戸のことしか知らないようだ」

「ともかく、仲篠どのに訊けば分かろうが、末松だけの証言で年寄の仲篠どのを押さえて、訊問することはできぬぞ。……それに、殿のお許しを得ねばな」

八代が、静かだが重いひびきのある声で言った。

「目付としては、仲篠を押さえる前に、利根山たちを捕らえたいのだ。……ご家老が襲われて、落命するようなことにでもなれば、家中が不穏になり、仲篠や国許の重倉たちに味方する者があらわれ、大きな騒動になりかねん。……実は、表には出ないが、仲篠や国許の重倉たちに与《くみ》する者もいるようなのだ」

高野の顔を憂慮の翳《かげ》がおおった。

「だが、まだ、利根山たちの居所はつかめてないぞ」

源九郎が言った。

「居所をつかむより、利根山たちをわれらの前に引き出して、襲ったらどうかな」

高野が源九郎に目をむけて言った。

「引き出すとは？」

源九郎が訊いた。

「ご家老に、囮《おとり》になってもらうのだ」

「囮とは？」

「他藩の江戸詰の家老か留守居役《るすいやく》と会うという名目で、京橋界隈《かいわい》か浜松町《はままつちょう》辺りの料理屋まで出かけてもらう。……駕籠《かご》の警護はふだんどおりでな」

「利根山たちに、ご家老を襲わせるつもりなのか」

「そうだ。……ただ、駕籠の警護の他に、ひそかに大勢の警護をつけ、利根山たちが姿を見せたら、いっきに取り囲んで討ち取る」

高野が、一同に目をやりながら言った。

「上策だ」

菅井が声を上げた。

男たちの間から、「いい策だ」「一気に、利根山たちを捕らえられる」などという声が上がった。

そのとき、前園兄弟が高野の方に体をむけ、

「父の敵を討ちたいのですが」

誠一郎が、利根山と渡辺の名を出した。

「そのことも、念頭にある。……その場の状況で、討つ機会があれば討ってもよい。ただ、無理はするな。ふたりとも、迅剛流の手練《てだれ》だ」

高野が、前園兄弟の高揚を抑えるように静かな声で言った。

「それがしは、前園兄弟に助太刀したいのですが」

浅見が言った。

「頼む」

高野がうなずいた。

そのとき、源九郎は口にしなかったが、利根山と渡辺の動きを見て、前園兄弟の敵討ちを助けるつもりでいた。おそらく、菅井も同じ思いであろう。

「それで、仕掛けるのは、いつ」

菅井が訊いた。

「三日後に――。おって、華町どのたちには連絡する」

高野が一同を見渡して言った。

五

早朝から小雨が降っていたが、五ツ（午前八時）過ぎに上がった。江戸家老の蔵西が、京橋に近い南八丁堀の料理屋、福松屋《ふくまつや》に行く日である。

高野から、江戸家老の蔵西は、南八丁堀にある老舗の福松屋で、他藩の留守居役と会うことにした、との連絡があったのだ。

源九郎と菅井は、たっつけ袴に草鞋《わらじ》履きで二刀を帯び、黒羽織を羽織っていた。菅笠を手にしている。ふたりは駕籠の警護にくわわるつもりだが、駕籠からすこし離れて歩くことにした。

源九郎たちは、利根山たちに顔を知られていた。それに、菅井は藩士にふさわしくない総髪である。駕籠のそばにいたのでは、利根山たちに察知されてしまう。

源九郎、菅井、それに茂次が、竪川の一ツ目橋近くにある桟橋から猪牙舟《ちよきぶね》に乗った。舟は近くの船宿から借りたもので、船頭も船宿の吉次《きちじ》という男だった。今日のために、茂次が船宿に話をとおして、舟と船頭を都合したのだ。むろん、相応の金を払ってある。

これから、源九郎たちは、舟で汐留橋のたもと近くの船寄まで行くのだ。汐留橋のたもとで、蔵西の一行と合流することになっていた。

はぐれ長屋から藩邸のある愛宕下まで、町筋や街道を歩けばかなり時間がかかるが、舟で行けばすぐである。

はぐれ長屋に近い竪川から舟に乗り、大川に出て川下にむかう。江戸湊《えどみなと》に入って汐留川を遡《さかのぼ》れば、愛宕下近くまで行ける。

曇っていたが風はなく、大川はおだやかだった。源九郎たちの乗る舟は川面《かわも》を滑るように下り、江戸湊に出てから陸沿いを南にむかった。そして、浜御殿の脇から汐留川に入り、いっとき遡ると、前方に汐留橋が見えてきた。汐留橋は、東海道をつないでいる。

汐留橋の手前まで来ると、

「舟をとめやすぜ」

と吉次が声を上げ、水押《みよし》を左手にある船寄にむけた。

源九郎たちは舟から船寄に下りると、吉次はすぐに舟を船寄から離し、水押を下流にむけた。源九郎たちが、もどるまで待っているわけにいかなかったので、本所にもどるのである。

源九郎たちは、川沿いの道をたどって汐留橋のたもとに出た。そこで、蔵西の乗る駕籠の一行が来るのを待つのだ。

蔵西たちは、昼前に藩邸を出て福松屋にむかうことになっていた。すでに、藩邸を出ているはずである。

源九郎たちが橋のたもとに立って半刻（一時間）ほどしたとき、

「旦那、前園さまたちですぜ」

茂次が声を上げた。

見ると、網代笠をかぶった三人の武士が、足早にこちらに歩いてくる。その体《たい》躯《く》から、前園兄弟と浅見であることが知れた。三人も、駕籠から離れて歩くことになっていたのだ。

浅見たち三人は源九郎たちに気付くと、足早に近付いてきた。

「蔵西さまの乗る駕籠は、藩邸を出ました」

浅見が昂った声で言った。

「まだ、見えんな」

菅井が、街道の先に目をやって言った。

東海道は、人影が多かった。旅人、駄馬《だば》を引く馬子、旅装の武士、雲水《うんすい》……などが、行き交っている。

まだ、それらしい駕籠は見えなかった。浅見たちは、駕籠からだいぶ離れて歩いていたようだ。

「駕籠の警護は？」

源九郎が訊いた。

「駕籠のまわりに六人、先棒の前には高野さまがついています」

浅見によると、山村と森泉仙七郎《もりいずみせんしちろう》という遣い手が、駕籠の両脇をかためているという。森泉は先手組《さきてぐみ》だという。また、数人の中間《ちゅうげん》、陸尺《ろくしゃく》などが従っているそうだ。

「警護の人数は、ふだんとかわりませんが、腕のたつ者をそろえているようです」

浅見が言い添えた。

「それだけか」

源九郎が訊いた。

刺客として出奔した利根山たちは、いま四人になっていた。利根山、渡辺、八尾、唐沢である。ただ、四人とも遣い手だった。それに、四人だけで、駕籠を襲撃するとはかぎらない。年寄の仲篠の配下の者が、ひそかに利根山たちにくわわる恐れがあったのだ。

「いえ、駕籠から離れて、腕のたつ者が六人、警護にあたるはずです」

浅見によると、斥候《せっこう》として駕籠から半町ほど離れて、四人が歩くという。四人は田上藩士と知れないように、町人、虚無僧《こむそう》、雲水などに身を変えているそうだ。

「それに、駕籠の後ろにも、ふたりつきます」

ふたりは、背後からの襲撃に備えるという。

「それに、おれたちがくわわるわけか」

菅井が言った。

源九郎たちは、駕籠から半町ほど離れて歩くことにしてあった。通り沿いから、弓や鉄砲などで狙う者に目を配ると同時に、駕籠が襲われたときに駆け付けるのである。

「何とかなりそうだな」

源九郎は、固い警護だと思った。

「華町どの、ご家老の駕籠が見えました」

誠一郎が声を上げた。

二町ほど先に、駕籠が見えた。武家用の乗り物で、前後左右に警護の武士がついている。

源九郎は、駕籠の前方にいるであろう、斥候役の四人を探したが、はっきりしなかった。街道は、町人の旅人、旅装の武士、虚無僧、巡礼……などが行き交っている。

……あれだな！

源九郎は、駕籠の一町ほど前を歩いている虚無僧と雲水を目にとめた。腰が据わり、歩く姿に隙がないので警護の藩士の変装だろうとみた。ただ、他のふたりは、どこにいるか分からなかった。

駕籠の一行が一町ほどに近付いたところで、

「おれたちも行くか」

と、言って菅井が菅笠をかぶって歩きだした。

すこし離れて、源九郎、浅見、前園兄弟たちが、街道に出て北にむかった。

源九郎たちは、街道の左右に目を配りながら歩いたが、駕籠を狙っているらしい人影はなかった。

東海道は大勢の人が行き来していた。源九郎は、この辺りで襲うのは無理だろう、と思った。それに、弓や鉄砲で、両脇に警護のついた駕籠のなかの蔵西を狙うのは難しいはずだ。

源九郎や駕籠の一行は、京橋のたもとを右手におれ、京橋川沿いの道を東にむかい南八丁堀に入った。八丁堀沿いの道でも、襲撃者らしい人影は目にしなかった。

蔵西たちは、何事もなく福松屋に着いた。

茂次は駕籠の一行の後についてきたが、福松屋に着いたのを見届けると、踵《きびす》を返した。はぐれ長屋に帰るはずである。

六

蔵西や高野たちは、二階の座敷で、越後国《えちごのくに》、五万石の松坂藩《まつざかはん》に仕える留守居役と会った。利根山たちが、事前に探っても嘘と分からないよう、実際に留守居役との酒席を設けたのだ。蔵西は松坂藩の留守居役と懇意にしていて、これまでも情報交換のために会うことがあったのだ。

源九郎や警護の藩士たちは一階の別の座敷に案内され、相応の酒肴《しゅこう》の膳が出された。ただ、源九郎たちも警護の藩士も腹ごしらえをしただけで、酒は喉を潤す程度しか飲まなかった。座敷に集まった男たちの胸には、利根山たちが駕籠を襲うとすれば、帰路であろうという思いがあったからだ。

「華町、帰りかな」

菅井が、つぶやくような声で言った。めずらしく、菅井も酒はほとんど飲まなかった。

「帰りとみていいな」

「飛び道具を遣うかな」

菅井は、飛び道具を懸念しているらしい。

「いや、飛び道具ではなく、槍を遣うのではないかな」

源九郎は人通りのある街道筋で、物陰から鉄砲や弓を遣って駕籠の主を狙い、仕留めるのは至難だとみていた。

街道を行き来する人もいるし、それに駕籠の両脇にいる警護のふたりが盾になっているので、駕籠の主を狙うのはむずかしいはずだ。

「槍か」

菅井が目をひからせて言った。

「物陰に身を隠し、駕籠が通りかかったら飛び出して、突く」

「槍を手にしている男に、目を配らねばならんな」

「そうだ」

源九郎は、帰りはすこし駕籠に近付いて警護にあたろうと思った。

七ツ（午後四時）ごろ、蔵西と松坂藩の留守居役との酒席は終わった。蔵西たちの一行は、帰路についた。

警護の人数も位置も、来たときとほぼ同じだった。ただ、源九郎たちは駕籠から半町ほどしか離れなかった。すこし駕籠に近付いたのである。

源九郎、菅井、浅見の三人は、街道や通りの物陰や店の脇などに目をやり、槍を手にしている者や供に槍を持たせている武士に気を配りながら歩いた。

駕籠の一行は東海道を南に向かい、汐留橋を渡った。雲でおおわれていた空は、いつの間にか晴れ間がひろがり、西の空には陽の色があった。残照である。いっときすると、暮れ六ツ（午後六時）の鐘がなるだろう。

一行は汐留橋を渡り、しばらく東海道を南に歩いた後、右手の通りに入った。その辺りは愛宕下と呼ばれる地で、通り沿いには大名屋敷や大身の旗本屋敷などがつづいていた。ここまで来れば、田上藩の上屋敷に通じる大名小路はすぐである。

そのとき、暮れ六ツの鐘が鳴った。余韻を引く鐘の音を聞きながら、

「華町、ここまで来れば安心だな」

菅井がほっとした顔で言った。

「どうかな。まだ、油断はできんぞ」

利根山たちは、警護の者の気が緩んだときを狙って襲うかもしれない。

通りの左右は、大名屋敷や旗本屋敷の築地塀《ついじべい》や門などがつづいていた。暮れ六ツを過ぎたせいもあって、人影はほとんどなかった。ときおり、供連れの武士や中間などが通りかかるだけである。

半町ほど先に、四辻があった。駕籠の行く通りが、細い路地と交差している。

源九郎たちは四辻にさしかかり、左手の路地に目をやった。

源九郎は、路地沿いに延びている築地塀に身を寄せている人影を目にした。武士だ。三人いる。ふたりが、槍を手にしていた。三人とも、頭巾《ずきん》で顔を隠している。

「敵だ！」

源九郎が声を上げた。

と、槍を手にしていない武士が抜刀し、いきなり路地から走りだした。槍を手にしたふたりが、後につづく。

「こっちからも、来た！」

菅井が叫んだ。

右手の路地からも、三人飛び出してきた。やはり、槍を手にした武士がふたり、刀を手にした武士がひとりである。

刀を手にしたふたりの武士は、左右の路地から走り出すと、源九郎たちにむかってきた。槍を手にした四人は源九郎たちには目もくれず、蔵西の乗る駕籠にむかって疾走した。

刀のふたりが警護の者たちの足をとめ、槍を手にした四人が駕籠を襲う。襲撃者たちの策である。

そのとき、源九郎は通りの先から、職人ふうの男、虚無僧、雲水などが走ってくるのを目にした。六人いる。斥候役も兼ねて先を歩いていた警護の武士たちが、襲撃者に気付いたのだ。

「菅井、駕籠だ！」

源九郎は、その場を浅見たちにまかせて駕籠に走った。

「おお！」

菅井も走った。

すでに、槍を手にした四人は、源九郎と菅井の前を走っている。

このとき、襲撃者に気付いた高野が、

「槍を駕籠に近付けるな！」

と、叫んだ。

すかさず、駕籠のまわりにいた警護の四人が駕籠の前に出て、槍を手にした四人に立ちふさがった。山村と森泉は駕籠の左右から離れず、蔵西を守ろうとしている。

タアッ！

突如、裂帛《れっぱく》の気合を発し、痩身の武士が、前に立ちふさがった藩士に槍を突き出した。迅雷《じんらい》のような鋭い突きである。

穂先が、藩士の肩先を突き刺した。

グワッ！　と呻き声を上げ、藩士がよろめいた。痩身の武士は、よろめいた藩士にはかまわず、駕籠に迫った。

槍を手にした他の三人と警護の藩士の闘いが始まった。男たちが交差し、刀身と槍穂がきらめき、鋭い気合、刀身で槍穂をはじく音、呻き声などがひびいた。

そこへ、菅井と源九郎が駆け付けた。

七

イヤアッ！

いきなり、菅井が裂帛の気合を発しざま抜きつけた。稲妻のような閃光《せんこう》が、逆袈裟にはしった。神速の居合の一颯《いっさつ》である。

ギャッ、という絶叫を上げ、槍を手にした武士がのけ反った。脇腹から背にかけて着物が裂け、脇腹が赤く割れた。次の瞬間、傷口から血が迸《ほとばし》り出た。

武士はよろめいたが、足を踏ん張って体勢を立て直すと、槍を菅井にむけた。だが、その穂先が大きく揺れている。脇腹の傷で、槍がまともに構えられないのだ。

菅井は脇構えにとり、槍をむけた武士に迫った。

武士は後じさった。腰が引け、体が激しく顫《ふる》えている。脇腹の痛みと真剣勝負の恐怖で、我を失っている。

そのとき、小柄な武士が駕籠の前に立ちふさがった山村に穂先をむけていた。

「どけ！」

痩身の武士が叫んだ。

「ここは、通さぬ」

山村は青眼に構え、切っ先を痩身の武士にむけた。

タアッ!

鋭い気合を発し、小柄な武士が槍を突き出した。迅雷のような突きが、山村を襲う。

咄嗟に、山村は右手に体《たい》をひらきながら刀を横に払った。

鋭い金属音がひびき、槍穂が撥ね返った。山村が、小柄な武士の槍穂を弾いたのである。だが、山村は後ろによろめいた。刀を払ったとき、体勢がくずれていたのだ。

すかさず、小柄な武士は槍を引き、鋭い刺撃をみまった。一瞬の槍捌きである。

穂先が、山村の左肩をえぐった。山村は呻き声を上げ、さらに後ろによろめいた。

小柄な武士は山村にかまわず、槍を構えて駕籠に迫った。すると、駕籠の前に、森泉がまわり込んだ。必死の形相である。なんとしても、蔵西を守るつもりなのだ。

そのとき、背後から迫った源九郎が、いきなり小柄な武士に斬りつけた。

振りかぶりざま袈裟へ――。

ザクリ、と小柄な武士の着物が裂けた。右肩から背へ、あらわになった肌に血の線がはしった次の瞬間、血が噴いた。

「お、おのれ！」

小柄な武士が反転した。

源九郎は青眼に構え、切っ先を小柄な武士にむけた。

小柄な武士は槍を源九郎にむけたが、穂先が大きく揺れている。右肩に受けた傷で、右腕が震えているのだ。

源九郎は、足裏を擂《す》るようにして槍の刺撃の間合に迫った。同時に、小柄な武士の背後にいた森泉が間合をつめてきた。

イヤアッ！

鋭い気合を発し、森泉が背後から小柄な武士に斬りつけた。

だが、すこし間合が遠かった。小柄な武士の着物が裂けただけである。

咄嗟に、小柄な武士は、左手へ逃れようとして体を動かした。そのとき、源九郎にむけられていた槍の穂先が下がった。

この一瞬の隙を源九郎がとらえた。鋭い気合を発し、大きく踏み込んで袈裟へ斬り込んだ。

切っ先が、小柄な武士の左肩に深く食い込み、首が横にかしいだ。

次の瞬間、赤くひらいた傷口から血飛沫《ちしぶき》が、驟雨《しゅうう》のように飛び散った。首筋の血管《ちくだ》を斬ったらしい。

小柄な武士は血を撒きながらよろめき、足がとまると、腰から崩れるように転倒した。

地面に横たわった小柄な武士は、四肢を震わせていたが、首を擡《もた》げようともしなかった。呻き声も聞こえない。すでに、意識はないようだ。

このとき、前園兄弟と浅見は、刀を手にしたふたりの武士と闘っていた。前園兄弟が、長身の武士に切っ先をむけ、浅見がもうひとりの中背の武士と対峙《たいじ》していた。

ふたりの武士は、遣い手らしかった。腰が据わり、構えに隙がなかった。

誠一郎が長身の武士の正面に立ち、里之助が左手にまわっていた。ふたりは青眼に構え、切っ先を武士にむけている。

一方、浅見は八相に構えていた。中背の武士は、脇構えにとっている。

そこへ、職人、虚無僧、雲水などに化けた警護の武士たちが駆け寄った。六人のうち、ふたりは、前園兄弟と浅見に助勢し、他の四人は蔵西を守るべく、駕籠へ走った。

「うぬら、田上藩の者か！」

長身の武士が、右手にまわり込んできた職人ふうの男に目をやって叫んだ。

「いかにも」

職人ふうの男が、切っ先を長身の武士にむけた。隙のない構えである。遣い手らしい。

「おのれ！　謀《はか》ったな」

長身の武士が、怒声を上げた。

そのとき、浅見と対峙していた中背の武士は、駆け付けた虚無僧に変装した藩士に刀をむけられ、後じさった。そして、すこし間があくと、

「引け！　太刀打ちできぬ」

叫びざま、反転した。

中背の武士は、抜き身を引っ提《さ》げたまま駆け出した。

「逃さぬ!」

　浅見と虚無僧や雲水たちが後を追った。

　これを見た長身の武士は、甲走った気合を発し、いきなり左手にいた里之助に斬りつけた。

走りざま、刀を振り上げて袈裟へ——。

だが、斬撃に鋭さがなく、間合も遠かった。咄嗟に、里之助は身を引いた。武士の切っ先は、空を切って流れた。

長身の武士は、すばやい動きで里之助の脇を擦り抜けて逃げた。初めから、逃げ道をあけるために斬り込んだようだ。

「待て！」

里之助と職人ふうの男が、武士の後を追った。

武士の逃げ足は速かった。里之助たちとの間はひらいていく。

「引け！　引け」

槍を手にした大柄な武士が、叫んだ。すでに、槍を手にしたふたりが、源九郎と菅井の斬撃を浴びていた。残るひとりも、駕籠に近付くこともできないでいた。大柄な武士は、このままでは皆殺しになる、とみたようだ。

大柄な武士は、いきなり手にした槍を大きく振りまわした。強力である。ビュン、ビュン、と音をたてて槍が回転した。

周囲にいた森泉や警護の藩士が後じさった。

「食らえ！」

大柄な武士は、手にした槍を森泉たちに投げつけると、駕籠が来た方向に走りだした。警護の藩士がいなかったからである。

もうひとりも、手にした槍を警護の藩士に投げつけて逃げた。森泉や警護の藩士たちが追ったが、すぐに足をとめた。ふたりの逃げ足が速かったこともあったが、駕籠から離れまいとしたのである。

闘いは終わった。襲撃した六人のうち逃げたのは四人だった。源九郎に斬られた小柄な武士は絶命し、菅井の居合を浴びた武士は、脇腹から背にかけて深手を負っていた。後で分かったことだが、小柄な武士は、利根山たち七人の刺客のうちのひとり、八尾登之助だった。これで、七人の刺客のうち、残ったのは三人になった。利根山、渡辺、唐沢である。また、深手を負ったひとりは、徒士組の荒巻小十郎《あらまきこじゅうろう》であることが分かった。

味方で命を落とした者はいなかった。山村が左肩を槍で突かれ、他に警護の藩士がふたり浅手を負っただけである。

「屋敷へもどるぞ」

高野が、男たちに声をかけた。

八尾の死体と深手を負った荒巻は、藩邸に運ぶことになった。荒巻は、高野たちが訊問することになるだろう。

愛宕下の大名小路は夜陰につつまれ、ひっそりと静まっていた。駕籠の一行は、夜の静寂《しじま》のなかを上屋敷にむかって急いだ。

第五章　露　見

一

座敷の隅に置かれた燭台《しょくだい》の火に、男たちの姿が浮かび上がっていた。源九郎、菅井、高野、浅見、それに捕らえた荒巻である。

荒巻は、苦痛に顔をしかめていた。脇腹から背にかけて着物が裂け、傷口に巻かれた晒《さらし》が血に染まっている。ただ、出血は多かったが、臓腑《ぞうふ》に達するほどの傷ではなかった。晒を巻いたので、いくぶん出血は抑えられていた。命を落とすようなことはないだろう。

そこは、田上藩の上屋敷内にある小屋の奥まった座敷だった。小屋といっても家老の蔵西の住む屋敷であり、いくつかの座敷や台所などもあった。

蔵西たちの一行は藩邸に着くと、

「わしの小屋を使うがいい」

蔵西が言い、奥の一室に捕らえた荒巻を連れ込んだのだ。

荒巻は後ろ手に縛られ、座敷のなかほどに座らされていた。その荒巻の前に高野が立ち、源九郎たちはすこし身を引いて取り囲んでいる。

「荒巻、何をしたか、分かっているな。おぬしはご家老の命を狙ったのだぞ」

高野が荒巻を見すえて言った。

「……」

荒巻は無言だった。顔を苦しげにゆがめただけである。

「おぬしの一存で、利根山たちにくわわったのか」

高野の声は威圧的ではなかったが、重いひびきがあった。

「……ちがう。小頭《こがしら》に命じられたのだ。……田上藩のために、おまえの腕を生かせと」

荒巻が声を震わせて言った。隠す気はないようだった。観念しているのかもしれない。それに、高野たちに傷の手当てをしてもらったことが、荒巻の気持ちをやわらげたのだろう。

「小頭というと」

高野が訊《き》いた。

「野添《のぞえ》さまだ」

徒士組に、野添茂三郎《もさぶろう》という小頭がいた。田上藩の場合、徒士組は徒士頭の下に小頭がいて、徒士たちを統率している。

「藩のためとは、どういうことだ」

「ご家老は、国許の前園さまたちと結託して政《まつりごと》を牛耳《ぎゅうじ》り、私腹を肥やして藩の財政を逼迫《ひっぱく》させているとのことだ」

荒巻が言った。

「それを、信じたのか」

高野が驚いたような顔をして訊いた。

「鵜呑《うの》みにしたわけではないが、同じ一門のつながりもあり、野添さまの指図に従わざるを得なかったのだ」

荒巻の顔に苦悶《くもん》の色が浮いた。

「一門とは、迅剛流か」

「そうだ」

「すると、野添も迅剛流一門だったのだな」

「……兄弟子だった」

「そういうことか」

おそらく、野添が口にした蔵西が藩政を牛耳っているという話は、蔵西を討つための口実として言い出したのだろう。

「野添だが、上からの指図があって、おぬしに命じたのではないのか」

高野は、野添の一存で蔵西を襲う計画をたてたとは思えなかったのだろう。

「そやつは、だれだ」

「野添さまも、上から指図されたようだ」

高野が語気を強くして訊いた。

「仲篠さま……」

「やはり、仲篠か」

すでに、高野は仲篠が黒幕とみていたのである。

つづいて口をひらく者がなく、座敷が沈黙につつまれたとき、

「駕籠《かご》を襲ったのは六人。……八尾は死に、おぬしはここにいる。残る四人のなかに、利根山、渡辺、唐沢の三人がいたな」

と、源九郎が訊いた。

「いた……」

「残るもうひとりは、何者だ」

「徒士組の岩沢《いわさわ》どの……」

「岩沢元之助《もとのすけ》か」

高野が訊いた。

「そ、そうだ」

荒巻によると、岩沢も荒巻と同じように迅剛流一門で、野添に命じられて襲撃にくわわったという。

逃げた四人は、利根山、渡辺、唐沢、それに徒士組の岩沢ということになる。

「ところで、おぬしと岩沢の他にも、野添の指示で利根山たちにくわわった徒士組の者がいるのか」

高野が声をあらためて訊いた。

「いないはずだ」

「利根山たちが逃げた先だが、どこだ」

つづいて、高野が訊いた。

「どこへ逃げたか、おれには分からない」

「利根山たちの住処《すみか》を知らないのか」

「知らない」

「では、どうやって、利根山たちと連絡をとっていたのだ」

「おれは、利根山どのたちと連絡を取ったことはない。……野添さまに言われた場所に出向き、利根山たちと合流したのだ」

「すると、利根山たちと接触していたのは、野添ということになるな」

高野の双眸《そうぼう》に、鋭いひかりが宿った。野添を訊問《じんもん》すれば、仲篠の陰謀も利根山たちの隠れ家も明らかになる、とみたらしい。

「逃げた岩沢だがな、いま、どこにいる」

黙って聞いていた菅井が、口をはさんだ。

「岩沢どののことは、分からないが……。利根山どのたちといっしょかもしれない」

荒巻が小声で言った。

「野添を押さえて訊いた方が早いな」

菅井が、座敷にいる男たちに目をやって言った。

その夜、源九郎と菅井は、高野の配下の目付の住む長屋に泊めてもらった。遅くなったので、はぐれ長屋まで帰れなかったし、野添をどうするか気になったのである。

高野は、配下の目付たちに野添の住む長屋を見張らせ、その夜は休んだようだ。すでに、子《ね》ノ刻（午前零時）を過ぎていただろう。

二

翌朝、暗いうちに高野たちは起き、配下の目付たちを集めて、野添の住む長屋にむかった。だが、野添の姿は長屋になかった。隣の部屋に住む同じ増山《ますやま》という徒士組の小頭に訊くと、

「野添どのは、いないのですか」

と、驚いたような顔をして言った。

「部屋には、だれもいないのだ」

高野が顔をこわばらせて言った。

「そういえば、昨夜遅く、厠《かわや》に行ったようですが……」

増山は、眠ってしまって、その後のことは分からない、と首をひねりながら言

った。

……逃げられた！

と、高野は思った。

おそらく、野添は利根山たちが蔵西の襲撃に失敗し、荒巻が捕らえられたことを知ったのだ。そして、荒巻が高野たちに訊問され、自分のことを話すと察知したにちがいない。

野添は、目付たちの手が自分にのびる前に逃走したのだ。厠に起きるふりをして、長屋から抜け出し、夜陰に身を隠して、見張っている目付たちの目を逃れたのであろう。

高野は念のため、増山に野添の逃走先を訊いてみたが、

「それがしには、分かりませんが……」

増山は首をひねっただけだった。

事情を知った源九郎や菅井たちは、朝餉《あさげ》を終えると、すぐに高野の元に集まった。高野は独立した屋敷ではなかったが、重臣用の長屋に住んでいた。三部屋あり、台所もついていた。女中や下男もいる。

高野は座敷に顔をそろえた源九郎たちに、野添が逃走したことを話し、

「昨夜のうちに、押さえておくべきだった」

と、無念そうに言い添えた。

だが、昨夜、荒巻の訊問を終えたのは、子ノ刻過ぎだった。しかも、藩邸内である。高野でなくとも、野添を捕らえるのは夜が明けてからと思うだろう。

「逃走先は、分からないのか」

菅井が訊いた。

「分からない……」

「野添の配下の徒士のなかに知る者はいないのか」

源九郎が訊いた。

「いるかもしれんぞ」

高野は顔を上げた。

そして、高野は座敷にいた浅見と友長盛助《ともながもりすけ》という目付に、

「ふたりは、他の目付の手も借りて野添の配下の徒士に当たってくれ。話を聞け」迅剛流一門で、ちかごろ野添のそばにいることが多かった者を探して、話を聞け」

と、いつになく強い口調で命じた。友長は蔵西の警護にくわわったひとりである。

「ハッ」

ふたりは、すぐに座敷から出ていった。

源九郎、菅井、高野の三人は、そのまま座敷に残った。藩邸内に散った目付たちが、もどるのを待つことにしたのだ。

源九郎たちは、女中が運んでくれた茶をすすっていた。そのとき、廊下を歩く足音がし、障子があいた。

姿を見せたのは、側役の丹沢だった。その背後に、人影があった。だれか、立っているらしい。

「殿が、お見えだ」

丹沢が小声で言った。

「殿が！」

高野が驚いたように声を上げた。

源九郎と菅井は、慌てて座り直した。ふたりの顔にも驚いたような表情があった。まさか、この場に京四郎が顔を出すとは思わなかったのである。

京四郎は座敷に入ってくると、上座に腰を下ろし、

「華町、菅井、ごくろうだな」

と、笑みを浮かべて言った。

京四郎は、小紋の羽織に袴姿だった。上物だが、目を引くような衣装ではなかった。

「青山さま、ここで、お会いできるとは思いませんでした」

源九郎が率直に言った。

「いや、家老の蔵西から、昨日利根山たちと思われる一味に襲われたと聞いてな。様子を訊きにきたのだ」

京四郎の顔から笑みが消えていた。高野や源九郎たちにむけられた目には、憂慮の色がある。

すると、京四郎の脇に座った丹沢が、

「殿は、懸念されておられるのだ。……高野どの、話してみてくれ」

と、言い添えた。

「承知しました」

高野は、蔵西が南八丁堀の料理屋に出かけたのは、利根山たちをおびき出すためであったことを話してから、昨日の一部始終を語った。

「そうであったか」

京四郎の顔が、いくぶんやわらいだ。蔵西たちに落命した者はおらず、襲撃者たちを撃退したことを知ったからであろう。

「それで、昨夜、捕らえた荒巻を吟味いたしました」

高野は、利根山たちにくわえ、徒士組の者がふたりくわわっていたことを話し、

「ふたりは、小頭の野添の指図で、利根山たちとともにご家老を襲ったようです」

と、言い添えた。

「それで、野添はどうした」

すぐに、京四郎が訊いた。

「残念なことに、野添は配下の荒巻が捕らえられたことを逸早《いちはや》く察知し、昨夜のうちに逃走しました」

高野が無念そうに言った。

「何ということだ。藩から扶持《ふち》を得ている身でありながら……」

京四郎の顔に、怒りの色が浮いた。いつも穏やかな京四郎が、怒りの色をあらわにするのはめずらしいことであった。藩士でありながら、家中の重臣の命を狙

う狼藉《ろうぜき》が許せなかったのであろう。

「それで、野添が首謀者なのか」

京四郎が高野に訊いた。

「いえ、裏で、野添たちを動かしている者がいるようです」

高野が言った。

「そやつは」

「年寄の仲篠八兵衛さまとみております」

高野は、隠さずに仲篠の名を出した。ここまでくれば、藩主の耳に入れておくべきだと思ったらしい。

「年寄の仲篠だと」

京四郎が驚いたような顔をした。

「はい、まだはっきりしませんが、仲篠は国許の普請奉行の重倉さま、郡代の桑原さまともつながりがあるようです」

「国許の前園は、重倉と桑原の不正を探っていて利根山たちに斬られたのだな」

「いかさま」

「その利根山たちが、今度は仲篠の指図で家老の蔵西の命を狙ったわけか」

「はい」

「高野、何としても、仲篠や重倉たちの悪事を明らかにせよ」

京四郎が、語気を強めて言った。

「心得ました」

高野は畳に両手をついて低頭した。

京四郎は源九郎と菅井に目をむけ、

「また、長屋の者たちに、助けてもらうことになったな」

と、口許に苦笑いを浮かべて言った。

三

その日の午後、藩邸内に散った目付たちが、ふたりの徒士を高野の許に連れてきた。ふたりとも、野添の配下だった。名は、小栗佐之助《おぐりさのすけ》と脇田作次郎《わきたさくじろう》である。

高野は座敷でふたりと対座すると、

「小栗たちは、野添が屋敷から逃走したのを知っているな」

と、訊いた。

「は、はい……」

三十がらみと思われる小栗が答えた。若い脇田は、小栗の脇で身を硬くしている。

「岩沢と荒巻が、利根山たちとご家老の乗る駕籠を襲ったことは？」

「噂を耳にしました」

小栗が言った。

「それで、岩沢と野添の行方を捜しているのだが、そのほうたちに心当たりはないか」

「ありません」

小栗が答えると、脇田もうなずいた。

「そのほうたちは、数日前、岩沢と野添がいっしょにいるのをみた、と目付に話したそうではないか」

高野は、目付から聞いていたのだ。

「見ました」

「どこで見た」

「浜松町の笹乃屋《ささのや》という料理屋から、ふたりが出てくるのを見ました」

小栗によると、笹乃屋は東海道から増上寺の門前に通じる路地沿いにあるという。

「ふたりだけで、店から出てきたのか」

「いえ、岩沢どのたちとは別に、ふたりの武士がいました。……見たことのない武士でした」

小栗が言うと、脇田が、

「それがしは、岩沢どのが、笹乃屋で何度か飲んだことがある、と口にしたのを聞いたことがあります。いっしょにいたふたりの武士と飲んだのかもしれません」

と、言い添えた。

「いっしょにいた武士は、何者か分かるか」

「分かりませんが、ふたりとも羽織袴姿でした」

「おそらく、利根山たちだな」

高野がつぶやくような声で言った。

高野が口をとじたとき、脇にいた源九郎が、

「ところで、藩邸を出た岩沢と野添の行き先だが、小栗どのたちに何か心当たりはないかな」

と、小栗と脇田に目をむけて訊いた。

「さァ……、ありませんが」

小栗は首をひねった。

「噂ですが、野添さまには、馴染《なじ》みにしている情婦《おんな》がいると聞いた覚えがあります」

脇田が小声で言った。

「遊女屋かな」

「いや、小料理屋の女将《おかみ》と聞きました」

「小料理屋だと。……店の名は、分かるかな」

野添は、その情婦のところに身を隠しているのかもしれない、と源九郎は思った。

「鈴屋《すずや》だったか、鈴乃屋《すずのや》だったか……」

脇田は語尾を濁した。記憶が曖昧《あいまい》らしい。

「その店はどこにあるか、分かるか」

「たしか、神明町《しんめいちょう》と聞きましたが、どこかは知りません」

「神明町か」

神明町は増上寺の前方に位置し、東海道沿いにひろがっている。それほどひろい町ではないので、探せば野添が馴染みにしている小料理屋はつきとめられるだろう。

それから、高野が小栗と脇田に、岩沢の居所について訊いたが、行き先をつきとめる手掛かりになるような話は聞けなかった。

小栗と脇田を帰した後、

「わしらは、野添の情婦のいる小料理屋を探ってみよう」

と、源九郎が言った。長屋の者を使って神明町にあたれば、小料理屋をつきとめられそうだ。

「頼む。……わしらは、藩士たちにあたり、岩沢の行方を探してみる。それに、仲篠の身辺を洗えば、利根山たちの行方をつきとめられるかもしれん」

高野が厳しい顔をして言った。

その日、源九郎と菅井は、暮れ六ツ（午後六時）を過ぎてから、はぐれ長屋にもどった。ふたりが源九郎の家で一息ついていると、茂次が姿を見せた。

「華町の旦那、どうなりやした」

すぐに、茂次が訊いた。

「茂次、みんなを集めてくれんか。……わしから、頼みたいことがあるのだ」

源九郎はこれまでの経緯を話すとともに、野添が身をひそめているらしい小料理屋を茂次たちの手を借りて探し出したかったのだ。

「すぐ、呼んできやすぜ」

茂次はそう言い残し、戸口から出ていった。

いっときすると、茂次、孫六、三太郎、平太の四人が集まってきた。

六人が座敷に顔をそろえると、

「狙いどおり、利根山たちは家老の駕籠を襲ったよ」

と、源九郎が前置きし、その後のことをかいつまんで話した。

「それでな、逃げた野添と岩沢を捕らえないと、始末がつかないのだ。……明日から神明町に出向き、小料理屋をつきとめたいのだが、手を貸してもらえんか」

源九郎が、男たちに目をやって言った。

「旦那、あっしら六人は、たんまりいただいてるんですぜ。それに、京四郎のお殿さまの頼みもある。……何を差し置いても、神明町に行きやすぜ」

茂次が言うと、他の三人も大きくうなずいた。

「よし、では六人で行こう」

「ついでに、増上寺を覗《のぞ》いてくるかな」

　平太がつぶやいた。

「平太、遊山《ゆさん》に行くんじゃァねえぞ」

　孫六が顔をしかめた。

「冗談だよ」

　平太が、首をすくめて照れたように笑った。

「長屋から、神明町までかなりある。……茂次、また舟を借りてくれんか」

　源九郎は、舟で神明町に行こうと思った。

「承知しやした。また、吉次に頼みやすよ」

　茂次が声を大きくして言った。

四

　五ツ（午前八時）ごろ、源九郎たち六人は、竪川の一ツ目橋の近くの桟橋から舟に乗った。船頭は吉次である。

　源九郎たちの乗る舟は大川を下り、汐留川に入った。そして、吉次はこの前と同じように汐留橋近くにある船寄に舟をとめた。

「吉次、ごくろうだが、陽が沈むころに迎えにきてくれんか」

源九郎が頼んだ。神明町で探った後、長屋まで歩いて帰るのは大変である。

「ようがす。この場に来やすから」

そう言うと、吉次は棹《さお》を巧みに操って、舟を船寄から離した。

源九郎たちは東海道に出ると、南に足をむけた。晴天のせいもあるのか、東海道は賑わっていた。晩春の暖かい陽射しのなかを、旅人、駕籠、荷駄を引く馬子、巡礼……などが、行き交っている。

神明町に入ると、源九郎が街道沿いの松の樹陰に足をとめ、

「どうだ、この辺りで聞き込んでみんか」

と、菅井たち五人に声をかけた。

源九郎たちは、神明町に入ったら手分けして、野添の情婦が女将をやっている小料理屋を探すことにしていたのだ。手掛かりは、店名が鈴屋か鈴乃屋というだけである。ただ、神明町は狭い町なので、手分けして当たれば小料理屋はつきとめられるだろう。

「いいだろう」

菅井が言った。

「では、一刻（二時間）ほどしたら、この木の下に集まってくれ」

源九郎たちは、ふたりずつ三組に分かれた。

源九郎は孫六と組んだ。菅井は三太郎、茂次は平太である。

「孫六、どの辺りを探ってみるかな」

源九郎が訊いた。こうした探索は、長年岡っ引きをやっていた孫六にまかせた方がいいのだ。

「小料理屋は、増上寺に近い方に多いはずですぜ。……それに、地元の遊び人や地まわりに訊くのが早《はえ》え」

孫六が胸を張って言った。

神明町は、東海道の両側にひろがっていた。右手の増上寺側が、参詣客や遊山客も通るので飲み食いのできる店は多いようだ。

源九郎たちは、人影の多い右手の通りに入った。参詣客や遊山客の他に武士や中間《ちゅうげん》らしい男の姿も目立った。大名屋敷や大身の旗本屋敷の多い愛宕下が近いせいであろう。

源九郎たちは、通りに目をやりながら歩いた。料理屋やそば屋などはあったが、小料理屋は見当たらなかった。

孫六が前から歩いてくる男に目をやり、

「旦那、あの男に訊いてみやすよ」

言い残し、足早に男に近付いた。

男は弁慶《べんけい》格子の小袖を裾高に尻《しり》っ端折《ぱしょ》りし、豆絞りの手ぬぐいを肩にひっかけていた。遊び人か地まわりといった風体である。

源九郎は路傍に足をとめ、孫六と男のやり取りを聞いていた。孫六は、男が不機嫌そうな顔をすると、すぐに巾着《きんちゃく》から銭をつかんで握らせてやった。

孫六が、近くに小料理屋はないか訊くと、

「そこの路地を入《へえ》ったところにあるぜ」

男は、銭をつかんだままニヤニヤしながら言った。袖の下が利いたらしい。

「なんてえ店だい」

孫六が訊いた。

「名は分からねえよ。行ってみな」

男はそう言うと、肩を振りながら孫六から離れていった。

源九郎と孫六は、男が口にした路地に足をむけた。小料理屋はすぐに分かった。だが、戸口の掛け行灯《あんどん》に「酒処、美舟《みふね》」と記してあった。

「旦那、この店じゃァねえや」

孫六が、がっかりしたように言った。

「そう簡単には、見つからんさ。……どうだ、もうすこし増上寺の方へ行ってみるか」

「へい」

源九郎と孫六は、増上寺の方につづく表通りに出た。

孫六は、通りかかった遊び人ふうの男や中間などから話を聞いたが、小料理屋の鈴屋も鈴乃屋も知る者はいなかった。

源九郎たちは表通りから飲み屋、そば屋、一膳めし屋などが目につく路地に入り、通りかかった顔の浅黒い男に、

「この辺りに、小料理屋はねえかい」

と、孫六が訊いた。

「小料理屋なら、二軒あるぜ」

すぐに、男が答えた。

「鈴屋か、鈴乃屋ってえ店なんだがな」

孫六が店の名を出した。

「鈴乃屋なら、一町ほど先だぜ」

男はそう言い置いて、足早に孫六から離れた。

源九郎と孫六は、路地を急いだ。男が口にしたとおり、一町ほど行くと路地沿いに小料理屋ふうの店があった。

「旦那、この店だ！」

孫六が店先を指差して声を上げた。掛け行灯に、「小料理、鈴乃屋」と記されている。

「やっと、見つけたな。なかなかの店ではないか」

二階建てだった。料理屋を思わせるような店構えである。二階にも、座敷があるらしい。すでに、客が入っているようで、店のなかから男の談笑の声が聞こえた。

「旦那、近所で聞き込んでみやすか」

孫六が言った。

「後だ。すぐに、もどらねばな」

すでに、一刻は経ったのではあるまいか。聞き込みにまわった菅井たちは、別れた場所に集まっているはずである。

源九郎と孫六は、急いで東海道にもどった。街道脇の松の樹陰に、菅井たちの姿があった。四人とももどっている。

「華町、遅いではないか」

菅井が渋い顔をして言った。

「すまん、すまん、鈴乃屋がやっと知れてな。店だけでも、確かめてみようと足を伸ばしたら遅れてしまった」

「なに、知れたのか！」

菅井の声が大きくなった。その場にいた茂次たちが、いっせいに源九郎に目をむけた。

「知れた。これから、行ってみるか」

「よし、行こう」

菅井の顔から不満そうな色は消えていた。

源九郎たち六人は、通行人を装って鈴乃屋の前を通り過ぎ、半町ほど離れてから路傍に足をとめた。

「鈴乃屋にまちがいあるまい」

源九郎が言った。

「まちがいないな。……小料理屋にしては、なかなかの店ではないか。浜乃屋とはちがうぞ」

菅井が、お吟の店を持ち出した。

「それより、店に野添がいるかどうか探らねばならんぞ」

源九郎が、厳《いか》めしい顔をして男たちに目をやった。こんなところで、浜乃屋のことを持ち出してもらいたくなかったのだ。

すると、脇にいた孫六が、

「聞き込みなら、すこし離れたところでやった方がいいぜ。あっしらのことを野添が知ったら、逃げちまう」

と、もっともらしい顔をして言った。

「孫六の言うとおりだ。鈴乃屋の者に気付かれないように、聞き込んでみてくれ」

源九郎が男たちに念を押した。

五

源九郎と孫六は路地を歩き、鈴乃屋から二町ほど離れた路地沿いにあった酒屋の前で足をとめた。

店を覗くと、親爺らしい男がいたので話を聞いてみた。

「鈴乃屋の女将には、情夫《おとこ》がいやしてね。その情夫が、お侍なんでさァ」

五十がらみの親爺は、口許に薄笑いを浮かべて言った。

「侍の名は分かるか」

源九郎が訊いた。

「名は知りませんねえ」

親爺は首をひねった。

「女将の名は？」

「お登勢《とせ》でさァ」

「いまも、その侍は店にいるのか」

「いるようで」

親爺によると、三日前にその侍がお登勢といっしょに店に入るのを見たという。

「その侍は、いつごろから店に来るようになったのだ」

「三年ほど前《めえ》じゃァねえかな。そのころは、ちいさな店でしたがね。一年ほど前に、大きくしたんでさァ」

親爺が、情夫《おとこ》から、だいぶ金が出てるようですぜ、と言い添えた。

源九郎と孫六は、親爺に礼を言って酒屋から出ると、さらに路地を歩き、鈴乃屋のことを知っていそうな店に立ち寄って話を聞いた。その結果、鈴乃屋にいる武士が、野添であることがはっきりした。

源九郎たちが鈴乃屋の近くにもどると、菅井たちももどっていた。

「どうだ、そば屋にでも入って話さんか」

源九郎は、昼めしを食っていないので腹が減っていた。菅井たちも同じだろう。

「行きやしょう！」

平太が声を上げた。若い平太が、一番空腹を感じていたのかもしれない。

源九郎たちはしばらく路地を歩き、鈴乃屋から離れてから手頃なそば屋を見つけて入った。店の小女《こおんな》に座敷を頼み、腰を落ち着けると、

「野添は、鈴乃屋にいるぞ」

と、源九郎が切り出した。

「おれも、聞いた。野添は、情婦にだいぶ金を注ぎ込んだらしいぞ。……野添には、どこからか金が渡っていたようだな」

菅井が目をひからせて言った。

「金を出したのは、仲篠かもしれんな」

仲篠が、金で野添を味方に引き入れたとも考えられた。その金を、野添は情婦のために使ったのかもしれない。

そんなやり取りをしているところに、小女と店のあるじが、そばを運んできた。源九郎たちは、そばをたぐりながら話した。

「ちかごろ、鈴乃屋には二本差しがふたりいると聞きやしたぜ」

茂次がそばをたぐる手をとめて言った。

「ふたりだと」

源九郎が聞き返した。

「へい、鈴乃屋を馴染みにしているという瀬戸物屋の親爺から聞いたんですがね。鈴乃屋で、野添と話してた二本差しを見たそうでさァ」

「利根山たちかな」

源九郎は、利根山、渡辺、唐沢のうちのだれかではないかと思った。これから、どうするか、野添と相談するために鈴乃屋に来たのではあるまいか。

「それが、野添はその武士を叱ってるような口振りだったそうで」

茂次が言った。

「叱っていたと。……配下の岩沢ではないかな」

岩沢も、藩邸から姿を消していたのだ。鈴乃屋にもぐり込んでいても不思議はない。

そのとき、源九郎と茂次のやり取りを聞いていた菅井が、

「華町、はやく手を打ったほうがいいぞ。……ふたりとなると、鈴乃屋には長くいないはずだ。男ふたりが、いつまでも店に寝泊まりしているわけにはいくまい。夜の相手は、女将ひとりだからな」

と、真面目な顔をして言った。

「菅井、これから田上藩の屋敷に寄って高野どのに知らせるか」

源九郎が言った。まだ、日暮れまでには、だいぶ間がある。

「それがいい」

菅井も、その気になった。

源九郎たちはそばで腹ごしらえをすると、すぐに店を出た。源九郎と菅井は愛宕下の田上藩の上屋敷にむかい、茂次たち四人は、吉次が迎えにきたらその舟で長屋に帰ることにした。

「旦那たちは、舟で帰《けえ》らねんで？」

茂次が訊いた。

「今夜は、屋敷に泊めてもらうつもりだ。……吉次に頼んで、明日の四ツ（午前十時）ごろ、舟で迎えにきてくれんか」

「ようがす」

「頼んだぞ」

源九郎と菅井は、茂次たちと別れて上屋敷にむかった。

陽が沈むころ、源九郎と菅井は、高野と顔を合わせた。そこは、藩邸内にある高野の長屋の座敷である。

「何かあったのか」

すぐに、高野が訊いた。突然、源九郎たちが藩邸にあらわれたので、火急の用件と思ったようだ。

「野添と岩沢の居所が知れたよ」

源九郎が言った。

「知れたか！」

高野が声を上げた。

「神明町にある鈴乃屋という小料理屋をつきとめた」

源九郎は、鈴乃屋に野添と岩沢がいることを話した。

「それにしても早いな。……殿がおおせられたとおりだ。華町どのたちの探索は、町方より優れている」

高野の声には感嘆のひびきがあった。

「それほどでもないがな」

菅井が口許に薄笑いを浮かべて言った。

「それで、どうするな。……ちかいうちに、野添たちは姿を消すのではないかと思い、急いで知らせにきたのだが」

源九郎が訊いた。

「すぐに手を打つ」

高野によると、明日にも捕り手を鈴乃屋にむけるという。

「わしらも、助勢しよう」

源九郎が言うと、菅井もうなずいた。

「それは、ありがたい」

高野が、源九郎と菅井に目をむけて言った。

その夜、源九郎と菅井は高野の長屋に泊めてもらった。菅井は夜具に横になると、

「酒はないし、まだ、寝るのは早いし……」

と、暗い天井に目をむけてつぶやいた。

源九郎は黙って目を瞑《つぶ》った。歩きまわったせいか、ひどく疲れていた。早く眠りたかったのである。

「将棋はあるかな」

菅井が、急に声を大きくして言った。

「寝ろ、寝ろ。……わしは、将棋などやらんからな」

源九郎は寝返り、菅井に背をむけた。

六

どんよりとした雲が、空をおおっていた。八ツ（午後二時）ごろだが、夕暮れ時のように薄暗い。

神明町の稲荷《いなり》の境内に、十人ほどの武士が集まっていた。その稲荷は、鈴乃屋から三町ほど離れた路地沿いにあった。集まっているのは、源九郎、菅井、高野、浅見、森泉、それに高野の配下の目付たちである。

源九郎たちは、野添と岩沢を捕縛するためにここに来ていたのだ。今ごろの時間にしたのは、鈴乃屋があき、まだ客がすくないうちに店に踏み込んでふたりを捕らえるためである。

源九郎たちが、鈴乃屋に野添と岩沢がひそんでいることをつきとめた翌日である。舟で源九郎たちを迎えにきた茂次たちには事情を話し、そのまま帰ってもらった。この後、どうなるか、予想できなかったのだ。

「瀬山《せやま》が来ました！」

若い目付のひとりが声を上げた。

瀬山文五郎《ぶんごろう》と松岡永助《まつおかえいすけ》という目付が、午前中から鈴乃屋を見張っていたのだ。

瀬山と松岡も、高野の配下である。

「瀬山、野添たちはいるか」

すぐに、高野が訊いた。

「野添はいるようですが、岩沢ははっきりしません」

瀬山によると、半刻(一時間)ほど前、店の格子戸があいたとき、野添が店から顔を出したのを目にしたという。

「野添はいるのだな」

高野が念を押した。岩沢がいなければ、野添だけ捕らえるつもりなのである。

「おります」

「よし、踏み込もう」

高野は、源九郎と菅井に、これから鈴乃屋にむかうことを伝えてから、

「鈴乃屋へむかうぞ!」

と、その場に集まっている配下たちに声をかけた。

男たちは、ふたり、三人と分かれて、鈴乃屋にむかった。いずれも羽織袴姿で、ふだん町を歩く身装《みなり》だった。人目を引かないためである。

鈴乃屋の近くまで行くと、源九郎たちは足をとめた。

「手筈《てはず》どおり、ここで分かれる」

高野が男たちに声をかけた。

一行は、二手に分かれた。鈴乃屋の店先に、源九郎、菅井、高野、瀬山、それに三人の目付がむかい、店の裏手に、浅見、森泉、松岡、それにふたりの目付がまわった。背戸から逃走するのを防ぐためである。

源九郎たちは店先に集まると、

「あけます」

瀬山が声をかけて表の格子戸をあけた。

店に踏み込んだのは、高野、瀬山、源九郎、菅井の四人だった。残る三人の目付は、戸口をかためている。

土間の先に、小上がりがあった。職人ふうの男が三人、酒肴《しゆこう》の膳を前にして酒を飲んでいた。店があいて間もないので、客はそれだけだった。その小上がりの先に、障子がたててあった。座敷になっているらしい。

「いらっしゃい」

女の声がし、小上がりの脇の狭い板間の脇から年増《としま》が顔を出した。その板間の先に二階に上がる階段がある。

「女将か」

高野が訊いた。

「はい……」

女将のお登勢らしい。その顔に、不安そうな表情が浮いた。いきなり、武士が四人も入ってきたからであろう。

「わしらは、野添どのに世話になった者たちでな。野添どのに、知らせておきたいことがあって来たのだ。呼んでもらえんかな」

高野がおだやかな声で言った。

「お待ちください」

お登勢は、階段から二階に上がった。

「身を隠せ」

高野が、小声で言った。

その場にいた高野たち四人は、階段から見えない小上がりの隅に移動した。階段を下りてきた野添が、高野たちの姿を目にして二階へ駆け戻らないようにしたのだ。

小上がりにいた三人の客は、驚いたような顔をして高野たちを見ている。

待つまでもなく、お登勢はもどってきた。お登勢につづいて、階段を下りてくる武士の姿が見えた。ふたり――。野添と岩沢らしい。

野添と岩沢が階段を下り、小上がりに足をむけながら、

「だれもいないではないか」

と、野添が言った。

そのとき、すばやい動きで源九郎と菅井が、野添と岩沢の背後にまわり込んだ。

高野は源九郎たちの動きに合わせるように野添たちの前に出て、

「ここだ！」

と、声を上げた。

「た、高野！」

野添が、ひき攣《つ》ったように顔をゆがめた。

「う、後ろに、大華町たちが」

岩沢が声をつまらせて言った。

「お、おのれ！」

野添が、手にしていた大刀を抜こうとして柄《つか》をつかんだ。

すかさず、菅井が野添の脇に動きながら抜刀し、刀身を峰に返した。すばやい

動きである。

「野添、斬るぞ！」

菅井が声をかけた。

野添が、菅井に体をむけようとした。その瞬間、菅井の腰から閃光《せんこう》がはしった。居合の呼吸で、脇構えから刀身を横に払ったのである。

菅井の峰打ちが、野添の脇腹をとらえた。

グッ、と野添が喉のつまったような呻《うめ》き声を洩《も》らし、一瞬硬直したように動きをとめたが、すぐに両手で腹を押さえてうずくまった。

これを見た岩沢は、慌てて刀を抜こうとした。だが、すでに抜刀していた源九郎が、身を寄せ、

「動くな！」

と言って、岩沢の喉元に切っ先をつけた。源九郎の動きも迅速《じんそく》で、岩沢に刀を抜く間をあたえなかった。

高野の指図で、戸口にいた三人の目付が踏み込んできた。そして、用意した細引で、野添と岩沢の両腕を後ろ手にとって縛った。

「女将は、どうしますか」

目付のひとりが訊いた。

「押さえろ。……念のために藩邸に連れていく」

高野は、お登勢をこのまま店におけば、騒ぎが大きくなるだろうし、身をひそめている利根山たちの耳に入るのも早い、とみたようだ。

目付がお登勢に縄をかけているときに、裏手にまわった浅見たちが姿を見せた。表の物音で、高野たちが野添たちと闘っているとみたのだろう。

「客と店の奉公人は、どうしますか」

浅見が訊いた。

「わしが話す」

高野は、小上がりにいた三人の客に、

「わしらは、この三人が悪事を働いたので捕らえにきた者だ。他言無用だぞ」

と、強い口調で言った。

高野は、田上藩の名は出さなかった。だれが、野添たちを捕らえたか隠したのである。いずれ、高野たちが連れていったことは知れようが、すこしは時間が稼げるはずだ。

三人の男は、震えながらうなずいた。

高野たちは、裏手の台所にいた包丁人と女中にも同じことを言い置いて店を出た。人目を引かないよう、捕らえた三人に羽織や半纏《はんてん》をかけて縛った両腕を隠した。そして、人気のすくない裏路地や新道をたどって藩邸にむかった。

第六章　父の敵

一

……久し振りで、ゆっくり寝たなァ。

源九郎は、身を起こすと大きく伸びをした。

野添と岩沢を捕らえた二日後だった。昨日、源九郎と菅井は、はぐれ長屋に帰り、久し振りに早く寝たのである。

すでに、陽は高くなっていた。五ツ（午前八時）を過ぎているのではあるまいか。源九郎は、手ぬぐいを肩にひっかけると、顔を洗いに井戸へむかった。

井戸端には、お熊がいた。手桶を持っている。水汲みにきたらしい。

「おや、旦那、お久し振り……」

お熊は、すぐに源九郎に身を寄せてきた。

「いろいろあってな」

源九郎は気のない返事をした。

「それで、前園さまたちは、敵を討てそうなの」

お熊が声をひそめて訊《き》いた。お熊や長屋の女房たちは、前園兄弟が父の敵を捜すために、長屋に寝泊まりしていることを知っていた。源九郎たちが出歩いているのも、敵を捜すためとみている。

「まだ、分からん」

源九郎は、釣瓶《つるべ》で水を汲みながら素っ気なく言った。

田上藩の藩邸内で、高野たちが、野添と岩沢に利根山たちの居所も訊問《じんもん》しているはずだった。居所を吐けば、前園兄弟も敵が討てるかもしれない。

「旦那たちも、前園さまたちの敵を捜して、歩きまわってたんだろう」

お熊が、同情するように言った。

「まァ、そうだ」

「それで、朝めしは食ったのかい」

「まだだ。めしを炊いてないのでな」

源九郎は面倒なので水でも飲んで我慢し、昼頃になったらそばでも食いに外へ出ようかと思っていた。

「握りめしを持っていってやろうか」

「それはありがたい」

思わず、源九郎が声を上げた。

「待っててておくれ。すぐに、持っていくから」

そう言い残し、お熊は水の入った手桶を持ってその場から離れた。

源九郎が家にもどっていっときすると、お熊が握りめしを持ってきてくれた。その握りめしを頬ばっていると、戸口に近付いてくる足音がした。

「華町どの、おられますか」

誠一郎の声だった。

「いるぞ。入ってくれ」

源九郎が声をかけると、すぐに腰高障子があいた。

「何かあったのか」

源九郎が訊いた。

「高野さまたちが見えられ、華町どのたちをお呼びするよう、言われて来ました」

誠一郎の声には、昂《たかぶ》ったひびきがあった。利根山たちのことで、何か知れたのかもしれない。

「菅井は？」

「菅井どののところへは、里之助がむかいました」

誠一郎が言った。

「すぐ、行く」

源九郎は手にした握りめしを急いで頬ばり、湯飲みに入っていた水を飲んでから立ち上がった。

前園兄弟の住む家の座敷に、男たちが集まっていた。高野、浅見、森泉、菅井、里之助の五人である。

「華町どの、ここへ」

高野が座敷のあいている場に手をむけた。

源九郎と誠一郎が腰を下ろすと、

「利根山たち三人の居所が知れたよ」

高野が、低い声で言った。

「どこだ」

源九郎が訊いた。

「佐賀町の借家だ」

「やはり、佐賀町か」

源九郎は、永井が息を引き取る前に、佐賀町と口にしたことを思い出した。まちがいないようだ。

おそらく、本所林町の借家に身をひそめていた利根山たちは、前園兄弟たちにつきとめられた後、佐賀町に越したのであろう。

「野添が吐いたのだ」

高野によると、そこは借家といっても大きな家屋で、田上藩に出入りしている植木屋の親方の隠居が住んでいたそうだ。何年か前に隠居が亡くなり、借家になっていたという。

「一月ほど前のことだが、仲篠が野添をとおして植木屋に話し、利根山たちに借りてやったようだ」

高野から話を聞いた源九郎は、

「その借家に、三人ともいるのか」

源九郎が念を押すように訊いた。

すると、高野に代わって森泉が、

「いるようです」

と、答えた。昨日、森泉たち数人の目付が佐賀町に出向き、利根山、渡辺、唐沢の三人が身をひそめているのを確かめたという。いまも、目付たちが交替で借家を見張っているそうだ。

「それで、すぐにも利根山と渡辺を討ちたい。……国許の様子を訊くために、唐沢だけは生け捕りにするつもりだ」

高野によると、家老の蔵西も、前園兄弟に父の敵を討たせるよう高野に指示したそうだ。藩主の青山も承知しているという。

「高野さま、明日にも、佐賀町に向かいます」

誠一郎が昂った声で言うと、

「やっと、父の敵を討つときがきました」

と、里之助が声を上げた。

「わしらも、助太刀しよう」

「おれもな」

源九郎と菅井が言った。

次に口をひらく者がなく座敷は緊張と静寂につつまれ、男たちの息の音だけが聞こえていた。

その緊張と静寂を破るように、

「ところで、野添たちだが、仲篠とのかかわりを話したのかな」

源九郎が訊いた。

高野や源九郎たちは、仲篠が黒幕とみていたが、まだ確かな証《あかし》はつかんでいなかったのだ。

「吐いた。……やはり、仲篠が野添や末松たちにひそかに指示し、ご家老の暗殺を利根山たちに命じたようだ」

高野の顔は、いつになくけわしかった。無理もない。年寄の仲篠が、江戸家老の蔵西の命を狙っていたことがはっきりしたのだ。

「なにゆえ、仲篠はご家老の命を狙ったのであろうな」

源九郎が訊いた。よほどのことがなければ、家老の命を狙うような真似はしないだろう。

菅井や前園兄弟など、座敷に居合わせた男たちの目が、高野にむけられていた。男たちの胸には、年寄ともあろうものが、なにゆえ江戸家老の命を狙ったのか、という強い疑念があるにちがいない。

「まだ、仲篠から聞いてないので、はっきりしないが」

と前置きして、高野が話した。

仲篠は、以前から蔵西と出世を競っていたという。ところが、年寄になるのも蔵西の方が早く、やっと仲篠が年寄になれたとき、一方の蔵西は江戸家老に出世していたという。しかも、仲篠は蔵西の下役という立場で、江戸勤番の年寄になったそうだ。

「仲篠にしてみれば、ご家老さえいなければ、という思いがあったのではないかな」

「だがな、国許から刺客を呼んでまで、命を狙うかな」

源九郎はまだ腑《ふ》に落ちなかった。

「それだけではないようだ。……いま、ご家老が亡くなれば、後釜に就くのは、仲篠ということになるだろう。適任者がいないからな。そうした思惑もあったにちがいない」

「そうか……」

源九郎はまだ納得できなかったが、口をつぐんだ。仲篠を訊問すればはっきりすると思ったからである。

「高野どの、仲篠を取り押さえたのか」

菅井が、思いついたように訊いた。

「殿からの命《めい》で、仲篠は小屋で謹慎している。……いまも、目付の者が、交替で見張っているはずだ」

高野が言った。

「仲篠のことは高野どのにまかせ、わしらは前園どのたちに味方して、利根山たちを討つことだな」

源九郎が菅井に目をやって言った。

二

「華町の旦那、利根山の隠れ家をみつけやしたぜ」

茂次が言った。

暮れ六ツ（午後六時）を過ぎていた。源九郎の家の座敷に、源九郎、菅井、孫

六、三太郎の四人が集まっていた。
高野たちが長屋から帰った後、源九郎の家に茂次たちが顔を出した。源九郎は高野から利根山たちの隠れ家のある場所を聞いていたので、それを茂次たちに話すと、

「あっしらが、跡を尾《つ》けた先だ！」

茂次が声を上げた。座敷にいた平太とふたりで、佐賀町まで行ってきたのだ。

「あの後、もうすこし捜してみりゃァよかった」

平太が、残念そうに言った。

茂次と平太の胸には、利根山たちの跡を尾けて見失った後、さらに探索をつづければ隠れ家をつきとめられたという思いがあるようだ。

「ともかく、利根山たちの隠れ家が知れたのだ。……明日は、茂次と平太に案内を頼むかな」

源九郎たちは、明日の午後、前園兄弟たちと佐賀町に行くことになっていた。利根山たちを討つためである。

「旦那、あっしらも行きやすぜ」

孫六が言うと、三太郎も、行く、と言い出した。

「みんなで行こう」

源九郎が言った。茂次、三太郎、孫六、平太の四人にも、前園兄弟に父の敵を討たせてやりたいという思いがあるのだ。前園兄弟のために、何かできることがあればしてやりたいのだろう。

翌日の四ツ半（午前十一時）ごろ、源九郎と菅井は早めに昼食をすませ、前園兄弟の家に顔を出した。前園兄弟と浅見は、すでに支度をととのえていた。三人とも小袖にたっつけ袴で、草鞋《わらじ》履きである。それに、前園兄弟は手甲《てっこう》をつけていた。襷《たすき》と鉢巻きは、懐に入っているのだろう。

「そろそろ出かけるか」

源九郎が声をかけた。

「はい」

ほぼ、同時に誠一郎と里之助が応えた。ふたりとも顔が紅潮し、目が燃えるようにひかっていた。緊張しているようだが、怯《おび》えや恐怖の色はない。

源九郎たち五人が、井戸端近くまで行くと、孫六と三太郎が待っていた。ふたりは源九郎たちといっしょに佐賀町に行くのである。

茂次と平太は、朝から佐賀町に行っていた。利根山たちの隠れ家を見張り、何かあれば長屋に知らせにくる手筈《てはず》になっていたのだ。

「お供しやす」

孫六と三太郎は、神妙な顔をして源九郎と菅井の後につづいた。

源九郎たちは、路地へ出ると、すこし間をとって歩いた。七人で、まとまって歩くと人目を引く。

七人は竪川にかかる一ツ目橋を渡り、大川沿いの道を川下にむかって歩いた。

仙台堀にかかる万年橋のたもとまで来ると、川岸近くに平太が立っていた。

平太は源九郎たちの姿を目にすると、足早に近寄ってきた。源九郎たちを待っていたらしい。

「どうだ、利根山たちの様子は」

すぐに、源九郎が訊いた。

「利根山たちは、隠れ家にいやす」

平太によると、昼前、通行人を装って隠れ家の戸口近くへ行くと、複数の武士の声がしたという。会話のなかで、利根山と渡辺の名を口にしたのが聞こえたそうだ。

「茂次は」

「いまも、隠れ家を見張っていやす」

「ところで、高野どのたちを見かけたかな」

高野たちは、万年橋の先の大川端沿いの道で、源九郎たちと顔を合わせることにしてあったのだ。

「この先で、それらしい姿を見かけやした」

平太によると、七、八人の武士が路傍の樹陰に集まっていたという。いずれも網代笠《あじろがさ》で顔を隠していたので、高野たちかどうかはっきりしなかったそうだ。

「行ってみよう」

源九郎たちは、川下にむかって歩いた。

数町歩いたところで、平太が、

「あそこでさァ」

と言って、前方を指差した。

七人の武士が、川岸近くに植えられた柳の樹陰に立っていた。通行人の邪魔にならないように川岸に身を寄せている。

源九郎たちが近付くと、七人の武士は笠を取って通りに出てきた。高野や森泉の姿があった。

「待たせたかな」

源九郎が訊いた。

「いや、わしらも、来たばかりだ」

「行くか」

「ともかく、隠れ家の様子を見てみよう」

高野が言い、若い武士とふたりで先にたった。おそらく、若い武士は利根山たちの隠れ家を見張っていた目付のひとりなのだろう。

高野たちは、すぐに大川沿いの通りから左手の路地に入った。そして、しばらく歩くと、今度は右手の路地におれた。路地はすぐに四辻に突き当たり、高野たちはふたたび右手に折れた。

そこは寂しい路地だった。人家はまばらで、雑草でおおわれた空き地や笹藪《ささやぶ》などが目につく。

路地に入って一町ほど歩いたとき、先導していた高野たちが足をとめ、路地沿いの笹藪の陰に身を寄せた。

源九郎たちが近付くと、

「あの家らしい」

高野が、斜向《はす》かいにある隠居所ふうの家を指差した。

その家は、路地からすこし入ったところにあり、板塀をめぐらせてあった。路地側に丸太を二本立てただけの簡素な木戸門がある。古い家らしかったが、大きな造りで四、五部屋ありそうだった。裏手には、台所もあるらしい。隠居所だったが、いまは借家と聞いている。

「吉川《よしかわ》どのだ」

浅見が声を上げた。

借家の脇の草藪のなかから姿を見せた武士が、小走りに近付いてきた。借家を見張っていたらしい。高野たちの姿を見かけたのだろう。

吉川と呼ばれた武士は、高野の前で足をとめ、借家に利根山たちがいることを知らせた。

源九郎は高野からすこし離れ、平太に身を寄せて、

「茂次は？」

と、小声で訊いた。近くで見張っているはずの茂次の姿が、見えなかったのだ。

「家の前の欅《けやき》の陰にいやす」

「欅の陰か」

路地からすこし入ったところに、太い欅が枝葉を茂らせていた。茂次はそこから家を見張っているようだ。

「三太郎、孫六、平太、わしらが踏み込んだらな、欅の陰にいて、家から逃げだす者がいたら跡を尾けて、行き先をつきとめてくれんか」

源九郎が、小声で三太郎たちに頼んだ。

「へい」

孫六が応え、三人は目をひからせてうなずいた。

三

「行くぞ」

高野が男たちに声をかけた。

「誠一郎、里之助、いよいよだな」

浅見が前園兄弟に声をかけた。浅見も高揚しているらしい。

浅見はこれまで顔には出さなかったが、殺された前園の配下だったこともあり、上司の敵を討ちたいという思いがあるようだ。

「はい！」

誠一郎が答えた。

里之助は睨《にら》むように借家を見つめている。

高野、源九郎、菅井の三人が先にたち、浅見と前園兄弟が後につき、その後に目付たちがつづいた。

借家の木戸門の門扉は、すぐにひらいた。閂《かんぬき》はかってなかったらしい。門を入ったところで、高野が、

「森泉、ふたり連れて裏手へまわってくれ」

と、声をかけた。

「ハッ」

森泉がふたりの目付を連れ、家の脇から裏手にむかった。

源九郎たちも、家の戸口にむかった。引き戸は半分ほどあいたままになっていた。土間の先に、板間が見えた。その先に障子がたててある。座敷になっているようだ。

前園兄弟と浅見が先に土間に入り、つづいて高野、源九郎、菅井の三人が踏み込んだ。他の目付たちは、戸口の脇にひかえている。

板間の先の障子の向こうに、人のいる気配がした。何人かいるらしい。だが、物音も話し声も聞こえなかった。息をつめて、戸口の気配を窺《うかが》っているようだ。

「利根山、渡辺、姿を見せろ！」

浅見が声を上げた。

すると、板間の先の障子の向こうで、ひとの立ち上がる気配がした。すぐに障子があき、武士がひとり姿を見せた。長身である。渡辺だった。渡辺の背後に人影があったが、障子の陰なので顔が見えない。

「渡辺久造、父の敵！」

誠一郎が声を上げた。

「前園兄弟だ！　高野と華町たちも、いっしょだぞ」

渡辺が叫んだ。

すると、座敷にいた武士が立ち上がった。ふたりいる。ふたりは、渡辺の脇に来て、さらに大きく障子をあけた。

利根山と唐沢である。ふたりは、土間にいる前園兄弟と源九郎たちを目にし、驚いたような顔をした。大勢だったからであろう。

「利根山、父の敵！」

里之助が声を上げ、刀の柄《つか》を握った。顔がこわばり、双眸《そうぼう》がつり上がっている。

「大勢で、押しつつんで斬る気か！」

利根山が憤怒に顔をしかめて叫んだ。

「利根山、渡辺、表へ出ろ！……すでに、裏手もかためてある。表に出なければ、家に踏み込み、うぬらを取り囲んで討ちとるぞ」

高野が鋭い声で言った。

高野たちは、利根山たちを屋外に連れ出して討つつもりでいた。狭い家のなかで入り乱れて斬り合うと、味方の斬撃を受ける恐れがあった。それに、利根山たちが窓や縁先から飛び出して逃げると、討ち取るのがむずかしくなる。

源九郎と菅井は黙っていた。この場は、前園兄弟や高野たちにまかせるつもりだった。

利根山たちは、逡巡《しゅんじゅん》するように高野たちに目をやっていたが、

「返り討ちにしてくれるわ！」

利根山が叫び、座敷にもどって大刀を手にしてきた。

渡辺と唐沢も座敷で大刀を手にし、障子のところに引き返した。

前園兄弟や源九郎たちは、利根山たちに目をやりながら後じさり、敷居をまたいで外に出た。

利根山たち三人も、源九郎たちと間をとったまま土間に下りて敷居をまたいだ。

家の前は庭だったらしく、足場は悪くなかった。雑草が繁茂していたが、地面に小砂利が敷いてある。

板塀近くには、松、梅、高野槙《こうやまき》などの庭木が植えてあった。ただ、長い間植木屋の手が入ってないらしく、どの木も枝葉が伸び放題で、樹形がくずれていた。

誠一郎は利根山と対峙《たいじ》した。ただ、誠一郎は、利根山と四間半もの間合をとっていた。利根山の右手には、浅見がまわり込んだ。

源九郎は、利根山の左手に立った。間合は三間ほどである。

こうした三人の立ち位置は、源九郎の策だった。まともに利根山と闘ったのでは、誠一郎に勝ち目はない、と源九郎はみていた。源九郎か浅見が先に利根山に仕掛け、隙ができたときに、誠一郎に斬り込ませるつもりだった。

利根山は青眼に構え、剣尖《けんせん》を誠一郎の喉元につけた。構えに隙がなく、どっしりと腰が据わっている。

　誠一郎も、相青眼に構えた。隙のない構えだが、やや剣尖が高かった。それに、気が逸《はや》っているせいか肩に力が入り、やや腰が浮いている。そのため、構えに敵を威圧する迫力がない。

　源九郎は八相に構え、全身に気魄《きはく》を込めて斬撃の気配を見せていた。いまにも、斬り込んで行きそうな威圧感のある構えだった。

　利根山の意識は、誠一郎より左手に立った源九郎にむけられていた。源九郎との間合の方が近かったこともあるが、その迫力に気を奪われていたのだ。

　源九郎は、先に仕掛ける気でいた。利根山が源九郎と斬り結べば、動きのなかに隙ができるはずである。


　一方、菅井は渡辺と対峙していた。里之助は、渡辺の左手に立っている。もうひとり、吉川が渡辺の右手にまわり込んだ。吉川も、なかなかの腕らしい。青眼の構えに、隙がなかった。

　菅井は、里之助の腕では、渡辺に太刀打ちできない、とみていた。下手に、里之助が渡辺と斬り合えば、命を落とす。そうみた菅井は、居合で渡辺に一太刀あびせた後、里之助に斬り込ませるつもりでいた。

菅井は右手を刀の柄に添え、居合腰に沈めて抜刀体勢をとった。

渡辺は、八相に構えた。八相は木の構えともいわれるが、長身の体とあいまって大樹のような大きな構えだった。

「居合か」

渡辺が低い声で言った。渡辺の双眸が、うすくひかっている。剣客らしい凄《すご》みのある顔である。

菅井は居合の抜刀体勢をとったまま、足裏を摺《す》るようにして間合を狭め始めた。対する渡辺は動かない。八相に構えて、菅井の動きを見つめている。

庭の隅では、高野と四人の目付が、唐沢を取りかこむように間をとって立っていた。高野たちは、唐沢を生け捕りにしたかった。それで、唐沢を取り囲んで、刀を下ろすよう説得するつもりでいた。

四

源九郎が先に動いた。趾《あしゆび》を這《は》うように動かし、ジリジリと間合をせばめていく。源九郎の全身に気勢が満ち、斬撃の気配が高まってきた。

利根山は源九郎に気をとられていた。誠一郎に体をむけていたが、目の端で源九郎の動きを追っている。

かまわず、源九郎は利根山との間合をつめた。八相に構えたまま一足一刀の斬撃の間境に迫っていく。

源九郎が斬撃の間境まで、あと半間ほどに迫ったときだった。

ふいに、利根山は体を源九郎にむけた。そして、青眼に構えた剣尖を源九郎の刀を握った左の拳につけた。八相に対応した構えである。

利根山は、青眼に構えたまま足裏で地面を摺るようにして間合をせばめてきた。源九郎も寄り身をとめなかった。

ふたりの間合は、一気に狭まった。

一足一刀の間境に踏み込むや否や、ほぼ同時に源九郎と利根山の全身に斬撃の気がはしった。

イヤアッ！

タアッ！

ふたりの裂帛《れっぱく》の気合がひびき、二筋の閃光《せんこう》がはしった。

源九郎は、八相から袈裟《けさ》へ。利根山は、振りかぶりざま、真っ向へ。

袈裟と真っ向――。

ふたりの刀身が眼前で合致し、青火が散り、甲高《かんだか》い金属音がひびいた。

次の瞬間、ふたりはほぼ同時に後ろへ跳びながら二の太刀をはなった。源九郎は籠手《こて》に斬り落とし、利根山は横に払った。一瞬の攻防である。

源九郎の切っ先は、利根山の右腕をわずかにとらえ、利根山のそれは、源九郎の脇腹をかすめて空を切った。

利根山の右腕はかすり傷だった。ふたりが後ろに跳んだために間合いが遠くなり、ふたりの切っ先がとどかなかったのだ。

ふたりは、ふたたび八相と青眼に構えあった。

そのときだった。利根山の背後にいた浅見が間合をつめてきた。当初、浅見は利根山の右手にいたが、利根山が左手にいた源九郎に体をむけたため、背後になったのだ。

利根山は背後に近付く浅見の気配を察知し、後ろを振り向こうとした。この一瞬の隙を源九郎がとらえた。

源九郎はすばやい寄り身で、斬撃の間境を越えるや否や、

トオッ!

鋭い気合とともに、斬り込んだ。

八相から籠手へ。切っ先を突き込むように斬り下ろした。

骨肉を断つにぶい音がし、利根山の右腕が、ダラリと垂れ下がった。次の瞬間、右腕の斬り口から血が筧《かけい》の水のように流れ落ちた。

グワッ！

と獣の咆哮《ほうこう》のような呻《うめ》き声を上げ、利根山が後じさった。

「誠一郎、いまだ！」

源九郎が叫んだ。

「父の敵！」

誠一郎が飛び込むような勢いで斬り込んだ。

振りかぶりざま、袈裟へ――。渾身《こんしん》の一刀だった。

切っ先が、利根山の首根に入った。利根山の首がかしぎ、血が驟雨《しゅうう》のように飛び散った。利根山は血を撒《ま》きながらよろめいた。

利根山は足がとまると、くずれるように転倒し、地面に伏臥《ふくが》した。

利根山の四肢はかすかに痙攣《けいれん》していたが、体はまったく動かなかった。呻き声も、息の音も聞こえない。絶命したようだ。首根から流れ出た血が、利根山の体を赤い布でつつむようにひろがっていく。

誠一郎は、利根山のそばに荒い息を吐きながら立っていた。顔は蒼《あお》ざめ、目がつり上がっている。

「誠一郎、みごと敵を討ったな」

源九郎が声をかけた。

すると、誠一郎のこわばった表情がやわらぎ、

「は、華町さまたちのお蔭です」

と、声を震わせて言った。

そのとき、菅井は渡辺と相対していた。すでに一合し、渡辺の脇腹から胸にかけて着物が裂け、血に染まっていた。菅井の居合の一颯《いっさつ》をあびたらしい。

渡辺は青眼に構え、剣尖を菅井にむけていた。その切っ先が、小刻みに震えている。顔が苦痛にゆがみ、息も荒かった。

菅井は脇構えにとっていた。抜刀したので、次は脇構えから居合の呼吸で斬り込むのである。

里之助は、渡辺の左手にいた。青眼に構え、剣尖を渡辺にむけている。顔が蒼

ざめ、目がつり上がっている。里之助の左袖が裂けていた。斬り込んだときに、渡辺の斬撃を浴びたのであろう。ただ、血の色はなかった。斬られたのは袖だけらしい。

「いくぞ！」

菅井が摺り足で、間合をせばめ始めた。

渡辺はわずかに後じさったが、すぐに足がとまった。このとき、吉川が渡辺の背後にまわっていたため、後ろに下がれなかったのだ。

すぐに、菅井と渡辺との間合がせばまった。

菅井は一足一刀の斬撃の間境に迫ると、

イヤアッ！

と、裂帛の気合を発し、斬り込む気配を見せた。

誘いだった。斬り込むとみせ、渡辺に斬り込ませようとしたのである。

ビクッ、と渡辺の刀身が動き、全身に斬撃の気がはしった。次の瞬間、渡辺は甲走った気合を発し、振り上げざま真っ向へ斬り込んできた。

この斬撃を読んでいた菅井は、一歩身を引いて、渡辺の切っ先をかわし、刀身を横に払った。一瞬の反応である。

キーン、という甲高い金属音がひびき、渡辺の刀身が弾かれた。勢い余った渡辺は、左手によろめいた。

「討て！　里之助」

菅井が叫んだ。

エイッ！

短い気合とともに、里之助が渡辺に斬り込んだ。

振りかぶりざま袈裟へ——。体ごとぶつかっていくような斬撃だった。その切っ先が、里之助の方に体をむけた渡辺の左肩から胸にかけて斬り下げた。

刀身が深く食い込んだ。傷口がひらき、截断《せつだん》された鎖骨が白く覗《のぞ》いた。次の瞬間、血が奔騰《ほんとう》した。

渡辺は、喉のつまったような呻き声を上げ、その場につっ立った。上半身が真っ赤に染まっている。

渡辺が一歩踏み出そうとしたとき、体が大きく揺れ、腰からくずれるように倒れた。地面に伏臥した渡辺は、呻き声を上げながら身を捩《よじ》ったが、頭を擡《もた》げることもできなかった。いっときすると、渡辺は動かなくなった。

里之助は渡辺の脇に立ち、血に染った刀身を引っ提《さ》げたまま身を顫《ふる》わせていた。まだ、顔がこわ張り、目がつり上がっている。

「里之助が、渡辺を討ったぞ！」

菅井が声を上げた。

すると、誠一郎や源九郎たちが駆け寄ってきた。

「里之助、利根山も討ったぞ！」

誠一郎が声をかけると、

「ち、父の敵を討った……」

里之助が、涙声で言った。


庭の隅にいた唐沢は刀を手にし、高野たちに抵抗していた。何度か斬り結んで敵刃を受けたらしく、唐沢の袖や胸が裂けていた。薄い血の色もある。目付もふたり、袖と肩口が裂けていたが、出血はしてないようだ。

そこへ、借家の裏手にまわっていた森泉たちが駆け付け、切っ先を唐沢にむけた。それでも、唐沢は刀を下ろさなかった。ところが、利根山につづいて、渡辺も討ったという声が聞こえると、

「これまでか……」

唐沢がつぶやき、刀を下ろした。

「唐沢を押さえろ！」

高野の声で、四人の目付が唐沢を取り囲み、両腕を後ろにとって縄をかけた。

高野は、源九郎や前園兄弟たちに近付くと、

「これで、前園どのの無念も晴れよう」

そう言って、けわしかった表情をやわらげた。

闘いは終わった。借家の前は、淡い夕闇につつまれていた。晩春らしい暖かい微風《そよかぜ》に、庭木の葉が揺れている。

五

源九郎の家の狭い座敷が、男たちで埋まっていた。はぐれ長屋に住む源九郎たち六人にくわえ、高野、前園兄弟、浅見の姿があった。

前園兄弟は敵討ちを果たした後、浅見とともに藩邸にもどり、半月ほど過ぎていた。ちかいうちに前園兄弟と浅見は国許に帰ることになり、今日は世話になった長屋に、礼を言うために立ち寄ったのである。

男たちの膝先には、湯飲みが置いてあった。かすかに、湯気がたっている。お

熊たち女房連中が、どうせ、華町の旦那のことだ、茶も淹《い》れないよ、と言って、湯飲みと茶道具を持って来てくれたのだ。

「それで、江戸を発つのは、いつかな」

源九郎が訊いた。

「明後日です」

誠一郎が、浅見と三人で帰ることを言い添えた。

「殿が、誠一郎と里之助は、相応の役柄で出仕させる、と仰《おお》せられたのだ。……江戸詰になれば、また会えるかもしれんな」

高野が目を細めて言った。

「そのときは、華町どのと菅井どのに、剣術の手解きを受けたいと思っています」

里之助が顔を紅潮させて言った。

「剣術の指南は無理だ。この歳だからな」

源九郎が苦笑いを浮かべた。菅井は何も言わず、ニヤニヤしている。

会話がとだえたとき、源九郎が、

「それで、年寄の仲篠はどうなったのだ」

と、声をあらためて訊いた。

菅井や茂次たちの目が、いっせいに高野に集まった。長屋の男たちは、その後、仲篠がどうなったか聞いていなかったのだ。

「仲篠は、何のかかわりもない、と強く言い張っていたがな。捕らえた唐沢が自白したことを知ると、観念したらしく、訊問に答えるようになったのだ」

そう前置きして、高野が話しだした。

高野の推測どおり、利根山たちを刺客として使い、江戸家老の蔵西を暗殺しようとしたのは、仲篠であった。仲篠は蔵西さえいなければ、江戸家老だけでなく城代家老の座も夢ではないと思ったらしい。

「ただ、初めからご家老の命を奪おうとは、考えていなかったようだ。城代家老をはじめとする国許の重臣たちを金で籠絡《ろうらく》し、蔵西さまの落ち度をとらえて、江戸家老の座に就こうと画策したらしい」

「それで」

源九郎が、話の先をうながした。

「その金を得るために、国許にいる普請奉行の重倉、郡代の桑原と結託した。ふたりは、鳴瀬川の普請にかかる費用を私腹し、その金の多くを仲篠に送っていたのだ。……仲篠は金を得る見返りに、重倉と桑原に相応の役柄に栄進させることを約束していたようだ」

「やはり、仲篠と重倉たちは結びついていたのだな」

菅井が厳《いか》めしい顔をして言った。

「ところが、重倉たちの不正が、前園どのたちの手であばかれそうになった。それで、迅剛流一門だった利根山たちに金を渡して、前園どのの暗殺を頼んだのだ。……金だけでなく、重倉たちは、ほとぼりがさめたころ、利根山たちが江戸で迅剛流の道場をひらけるよう、尽力することも約束していたらしい」

さらに、高野が話をつづけた。

江戸に出た利根山たちは、ひそかに仲篠に接触し、金や隠れ家の面倒をみてもらっていた。ところが、仲篠は重倉たちからの送金がとだえ、さらに目付の手が国許の重倉たちに伸びていることを知ると、うかうかしていられないと思った。そして、利根山たちに江戸家老の蔵西を始末させれば、家老の座に就けると考え、蔵西の暗殺を決意したという。

「そういうことか」

源九郎は、此度《こたび》の事件の全貌が見えたような気がした。

菅井や茂次たちも、うなずいている。茂次たちには、田上藩の役柄の重みまでは分からないだろうが、仲篠や重倉たちが己の出世と金のために悪事を働いたことは理解したにちがいない。

「それで、仲篠や野添たちは、どうなるのだ」

菅井が訊いた。

「切腹ということになろうな」

高野が低い声で言った。

「仕方ないな。なにしろ、家老を暗殺しようとしたのだからな。……国許の重倉と桑原はどうなる」

これから国許に帰る前園兄弟や浅見は、重倉たちがどうなるか気になっているだろう、と源九郎は思った。

「これから、国許の目付筋の者たちが、ふたりを吟味するはずだが、切腹は免れまいな」

高野が言った。

「そうか」

源九郎も、ふたりは切腹だろうと思った。

「ところで、志茂川と松尾は、どうなる」

菅井が訊いた。ふたりは、町宿に監禁されているはずだった。

「志茂川は切腹……。松尾も減石だけではすむまいな。家禄を失い、国から追放されるかもしれん」

高野が低い声で言った。

「仕方あるまい。ふたりの罪は重いからな」

源九郎が口を挟んだ。

事件の話が一段落したとき、高野が、

「そう、そう、殿に、華町どのや菅井どのに会ったら、伝えておくようにとおおせつかっていたことがあったのだ」

と、源九郎と菅井に目をむけて言った。

「なにかな」

「上屋敷の近くに来たら、立ち寄ってくれ、とのおおせでな。殿によると、菅井どのとの将棋の勝負が残っているとか」

「そうだ！　将棋の勝負が残っている」

急に、菅井が声を上げた。

「ぜひ、華町どのといっしょに立ち寄ってくだされ」

高野が目を細めて言った。

それから、高野たちは小半刻（三十分）ほど話し、

「長屋の者たちには、たいそう世話になった。わしからも、礼を言う」

高野が言い、前園兄弟と浅見もいっしょに、源九郎たちに頭を下げてから腰を上げた。

源九郎たち六人は、高野たちを送って路地木戸に足をむけた。井戸端に、長屋の女房たちや子供、年寄りなど二十人ほどが集まっていた。前園兄弟や浅見たちを見送りにきたらしい。

高野や前園兄弟たちは、見送りにきた長屋の住人たちに、あらためて礼を言ってから路地木戸にむかった。

高野たちの後ろ姿が路地木戸の先に消えると、

「前園さまたちがいなくなると、寂しくなるな」

孫六がしんみりした口調で言った。

すると、路地木戸に目をやっていた菅井が、

「華町、将棋を指しに愛宕下まで行かねばならんな」

と、源九郎に身を寄せて言った。

「菅井、高野どのが言ったことを本気にしたのか」

「そ、そうではないが……」

菅井が声をつまらせた。

「わしらは、八万石の大名の屋敷に、将棋を指しにいける身分ではないぞ」

源九郎が呆《あき》れたような顔をした。

「わ、分かっている。……そうだ、八万石はあきらめて、華町と指そう」

菅井が口許に薄笑いを浮かべた。

「なに、わしとか」

「久し振りだ。今晩は、寝ずに相手をしてやる」

菅井は、さらに源九郎に身を寄せて袂《たもと》をつかんだ。

「うむ……」

源九郎は渋い顔をし、仕方ない、二、三局だけ付き合ってやるか、と胸の内でつぶやいた。

双葉文庫

と-12-43

はぐれ長屋《ながや》の用心棒《ようじんぼう》
八万石《はちまんごく》の危機《きき》

2015年4月19日　第1刷発行
2019年7月9日　第2刷発行

【著者】
鳥羽亮《とばりょう》
©Ryo Toba 2015
【発行者】
箕浦克史

【発行所】
株式会社双葉社
〒162-8540 東京都新宿区東五軒町3番28号
［電話］03-5261-4818(営業)　03-5261-4833(編集)
www.futabasha.co.jp
(双葉社の書籍・コミックが買えます)

【印刷所】
株式会社新藤慶昌堂

【製本所】
株式会社若林製本工場

【表紙・扉絵】南伸坊
【フォーマット・デザイン】日下潤一
【フォーマットデジタル印字】飯塚隆士

落丁・乱丁の場合は送料双葉社負担でお取り替えいたします。
「製作部」宛にお送りください。
ただし、古書店で購入したものについてはお取り替えできません。
［電話］03-5261-4822(製作部)

定価はカバーに表示してあります。
本書のコピー、スキャン、デジタル化等の無断複製・転載は
著作権法上での例外を除き禁じられています。
本書を代行業者等の第三者に依頼してスキャンやデジタル化することは、
たとえ個人や家庭内での利用でも著作権法違反です。

ISBN978-4-575-66718-9 C0193
Printed in Japan

鳥羽亮

はぐれ長屋の用心棒
長屋あやうし

長編時代小説〈書き下ろし〉

はぐれ長屋に遊び人ふうの男二人と無頼牢人二人が越してきた。揉めごとを起こしてばかりいたその男たちは、住人たちを脅かし始めた。

鳥羽亮

はぐれ長屋の用心棒
おとら婆《ばあ》

長編時代小説〈書き下ろし〉

六年前、江戸の町を騒がせた凶悪な夜盗・赤熊一味。その残党がまた江戸に舞い戻り、押し込み強盗を働きはじめた。好評シリーズ第十四弾。

鳥羽亮

はぐれ長屋の用心棒
おっかあ

長編時代小説〈書き下ろし〉

伊達気取りの若い衆の仲間に、はぐれ長屋の仙吉が入ってしまった。この若衆が大店に強請りをするようになる。どうやら黒幕がいるらしい。

鳥羽亮

はぐれ長屋の用心棒
八万石の風来坊

長編時代小説〈書き下ろし〉

青山京四郎と名乗る若い武士がはぐれ長屋に越してきた。長屋の娘たちは京四郎に夢中になるが、ある日、彼を狙う刺客が現れ……。

鳥羽亮

はぐれ長屋の用心棒
風来坊の花嫁

長編時代小説〈書き下ろし〉

思いがけず、田上藩八万石の剣術指南に迎えられた華町源九郎と菅井紋太夫に、迅剛流霞剣の魔の手が迫る！　好評シリーズ第十七弾。

鳥羽亮

はぐれ長屋の用心棒
はやり風邪

長編時代小説〈書き下ろし〉

流行風邪が江戸の町を襲い、おののくはぐれ長屋の住人たち。そんな折、大工の棟梁の息子が殺され、源九郎に下手人捜しの依頼が舞い込む。

鳥羽亮

はぐれ長屋の用心棒
秘剣霞颪《かすみおろし》

長編時代小説〈書き下ろし〉

大川端で三人の刺客に襲われていた御目付を助けた華町源九郎と菅井紋太夫は、刺客を探し出し、討ち取って欲しいと依頼される。

鳥羽亮

はぐれ長屋の用心棒
きまぐれ藤四郎

長編時代小説
〈書き下ろし〉

長屋の住人の吾作が強盗に殺された。残された娘のおしのは、華町源九郎や新しく用心棒仲間に加わった島田藤四郎に、敵討ちを依頼する。

鳥羽亮

はぐれ長屋の用心棒
おしかけた姫君

長編時代小説
〈書き下ろし〉

家督騒動で身の危険を感じた旗本の娘が、島田藤四郎の元へ身を寄せてきた。華町源九郎は騒動の主犯を突き止めて欲しいと依頼される。

鳥羽亮

はぐれ長屋の用心棒
疾風《はやて》の河岸《かし》

長編時代小説
〈書き下ろし〉

鬼面党と呼ばれる全身黒ずくめの五人組が、大店に押し入り大金を奪い、家の者を斬殺した。華町源九郎らは材木商から用心棒に雇われる。

鳥羽亮

はぐれ長屋の用心棒
剣術長屋

長編時代小説
〈書き下ろし〉

はぐれ長屋に住んでいた島田藤四郎が剣術道場を開いたが、門弟が次々と襲われる。敵の狙いは何か？　源九郎らが真相究明に立ちあがる。

鳥羽亮

はぐれ長屋の用心棒
怒り一閃

長編時代小説
〈書き下ろし〉

陸奥松浦藩の剣術指南をすることとなった、華町源九郎と菅井紋太夫を襲う謎の牢人たち。ついに紋太夫を師と仰ぐ若い藩士まで殺される。

鳥羽亮

はぐれ長屋の用心棒
すっとび平太

長編時代小説
〈書き下ろし〉

華町源九郎たち行きつけの飲み屋で客二人と賄いのお峰が惨殺された。下手人探索が進むにつれ、闇の世界を牛耳る大悪党が浮上する！

鳥羽亮

はぐれ長屋の用心棒
老骨秘剣

長編時代小説
〈書き下ろし〉

老武士と娘を助けたのを機に、出奔した者を上意討ちする助太刀を頼まれた華町源九郎と菅井紋太夫。東燕流の秘剣〝鍔鳴り〟が悪を斬る！

鳥羽亮
はぐれ長屋の用心棒
うつけ奇剣
長編時代小説〈書き下ろし〉
何者かに襲われている神谷道場の者たちを助けた華町源九郎と菅井紋太夫。道場主の妻に亡妻の面影を見た紋太夫は、力になろうとする。

鳥羽亮
はぐれ長屋の用心棒
銀簪《ぎんかんざし》の絆
長編時代小説〈書き下ろし〉
大店狙いの強盗「聖天一味」の魔の手を恐れた長屋の家主「三崎屋」が華町源九郎たちに店の警備を頼んできた。三崎屋を凶賊から守れるか。

鳥羽亮
はぐれ長屋の用心棒
烈火の剣
長編時代小説〈書き下ろし〉
はぐれ長屋に引っ越してきた訳ありの父子。三人の武士に襲われた彼らを助けた華町源九郎たちは、思わぬ騒動に巻き込まれてしまう。

鳥羽亮
はぐれ長屋の用心棒
美剣士騒動
長編時代小説〈書き下ろし〉
敵に追われた侍をはぐれ長屋に匿った源九郎。端整な顔立ちの若侍はたちまち長屋の人気者となるが……。大好評シリーズ第三十弾！

鳥羽亮
はぐれ長屋の用心棒
娘《こ》連れの武士
長編時代小説〈書き下ろし〉
はぐれ長屋に小さな娘を連れた武士がやってきた。源九郎たちは娘を匿うことにするが、どうやら何者かが娘の命を狙っているらしく……。

鳥羽亮
はぐれ長屋の用心棒
磯次の改心
長編時代小説〈書き下ろし〉
はぐれ長屋の周辺で殺しが立て続けに起きた。源九郎は長屋にまわし者がいるのではないかと怪しむが……。大好評シリーズ第三十二弾。

鳥羽亮
浮雲十四郎斬日記
不知火の剣
長編時代小説
大身旗本の家督争いに巻きこまれた十四郎。闇に浮かぶ妖火の如き魔剣を、果たして破れるのか!? 痛快時代エンターテインメント。